KB126078

나는 늘
물음표를 향해
걸어간다

나는 늘 물음표를 향해 걸어간다

초판 1쇄 인쇄일 2016년 6월 10일
초판 1쇄 발행일 2016년 6월 17일

지은이 김재희·김시은
펴낸이 양옥매
디자인 남다희

펴낸곳 도서출판 책과나무
출판등록 제2012-000376
주소 서울특별시 마포구 방울내로 79 이노빌딩 302호
대표전화 02.372.1537 **팩스** 02.372.1538
이메일 booknamu2007@naver.com
홈페이지 www.booknamu.com
ISBN 979-11-5776-214-9(03810)

이 도서의 국립중앙도서관 출판시도서목록(CIP)은 서지정보유통지원 시스템 홈페이지(http://seoji.nl.go.kr)와 국가자료공동목록시스템(http://www.nl.go.kr/kolisnet)에서 이용하실 수 있습니다.
(CIP제어번호 : CIP2016014226)

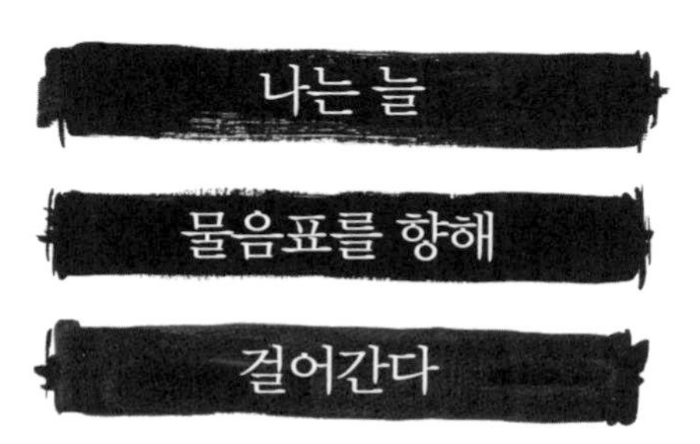

김재희 · 김시은

책과나무

■ 추천사

한서아 가수, 배우

어디에서 끝이 날지 모르는 여정의 길에
삶의 이야기를 나눌 수 있는 사람이 있어서 좋다-
여린 바람이 부네요.
가는 바람의 감성 따라 멋진 글 남기시고 언제나 파이팅 입니다.

공대환 기타리스트, 사업가, 가수

누구도 쓸 수 없는 자기만의 글
별을 노래하며 사랑을 얘기할 수 있는 글
세월을 멈추는 내 삶을 관조 하는 글
언제나 고운 감성이 묻어납니다.
멋진 글 오래도록 쓰시길 바랍니다.

조현우 실용음악저널리스트, 인디밴드그룹 퍼즐, 전 부활 이승철 밴드 드럼

지치고 힘이들 때 가끔 읽어보던 글속에
위로가 되던 글들이 많았답니다.
좋은 친구처럼 편안한 글 계속해서 써주시길 바랍니다.
실제로도 좋은 인생친구이고요. 파이팅 입니다.

공기수 교수, 재즈 기타리스트

작은 책갈피에 끼워 놓은 예쁜 사연들, 책 한권으로 인생을 노래할 수 있는… 사랑과 그리움으로 사는 얘기들… 그런 멋진 글, 고운 사연들 쓰시는 시간들 되세요.

권호근 서울불고기 체인사업본부 대표

세월을 종이위로 살포시… 남기시는
변함없는 예쁜 글 남기시길 바랍니다.

전해성 작곡가

원하는 게 너무 많고 바라는 게 너무 많으면 누구나 외롭답니다.
남은 시간만큼은 외로운 상념들은 모두 버리시고 지나는 계절이 남기는 아쉬움 없이 예쁜 글 쓰시길 바랍니다. 언제나요.

양현진 인디밴드그룹 퍼즐 연주자, 작곡가

선물로 받았던 시집들을 읽으며 묻혀있던 옛 추억들과 잠들어 있던 감수성을 일깨우는 행복한 시간을 가졌던 기억이 납니다. 앞으로 더욱더 좋은 글 기대 할게요.

박정숙 작가

부활의 보컬 김재희님과 김시은 작가님의 함께 예쁜 우정을 쌓은 책 "나는 늘 물음표를 향해 걸어간다" 출간됨을 진심으로 축하합니다. 두 분이 세상을 향해 내어 놓은 글들은 두 분의 마음이 진솔하게 그려진 작품들이라 생각됩니다. 독자님들 사랑 듬뿍 받으리라 생각합니다.

김선광 타악그룹 '율' 대표

한권의 책. 꾸준한 노력과 시간의 결과라 생각합니다. 먼저 박수를 보냅니다. 제게 기쁜 일이 있을 때에도 축하 글을 남겨주시곤 하셨는데 감동이었답니다. 앞으로의 활동에도 큰 기대가 됩니다. "나는 늘 물음표를 향해 걸어간다" 발간을 진심으로 축하드립니다.

김철민 건축자재 오픈마켓 '홈콕' 대표이사

좋은 생각들은 언제나 좋은 일들만 부른다고 하네요. 작가님의 아름다운 마음 표현으로 세상도 아름답게 부탁드려요.

강승호 분당 오리뜰 농악 보존회 대표

언젠가 나도 시인이고 싶었던 순간들이 있었지요. 그런 순간들을 이어 붙여 긴 끈으로 만들어 그것을 인생이라 여기며 살아가는 멋진 여인이 여기 있네요. 그런 순간들을 사는 그 여인이 그저 부럽고 예쁩니다. 이문세의 "가로수 그늘 아래"를 들으며…

김민소 시인, 국제여성강사포럼회장, 동국대, 동서울대 웃음행복코치과정 주임교수

김시은 작가…
내가 아는 그녀는 진흙 속에서도 향기를 뿜어내는 연꽃을 닮았다.
그녀가 그려가는 세상은 파도 속에서도 기쁨의 물줄기를 뽑아내고 희망의 등불을 그린다. 그래서 나는 그녀가 그냥 좋다.

■ 머리말 _김재희

남겨진다
사실은 너와 내가 한 번도 듣도 보도 못한 일들이
지금 이 순간에도 남겨지고 있다
오래전으로부터 어제까지 이어온 많은 이야기들이
준비되지 않은 미래의 모습보다도 더 신비롭게 남겨지고 있다

쏟아진다
과거, 내 지난날은
지금보다 더 많은 이야기를 품고 있었다
아무리 많은 이야기가 현재 내 주변에 늘어서 있더라도
아무리 미래에 펼쳐질 이야기들이 즐비하더라도
더 많은 이야기들이 지난날에 서있으며 다시 생산되어진다
그래서 내 지난 이야기는 더 신비롭고 아름답다

냄새나는 신발 한 켤레에서 나를 본다
수많은 하늘과 사람, 들풀, 별, 강
자연을 지나고 시간을 건너 사랑을 노래했던 나를

잠시 눈을 감고 바라본다
보고도 못 본 듯 아른거리는 나의 이야기들을 바라본다
그리고는 옛날 사랑 이야기들이 가슴에 잠긴다
마음은 어느새 추억의 고향을 서성거리고 있다

한 권의 책속에
소중한 지난날의 감성이 머물게 됨을 감사하며

김재희

■ 머리말 _김시은

하물며 어제 내린 비와
오늘 내린 비는 느낌마저 다르다
차분하고 조용한 노래 한 소절에 담긴
애틋한 감성을 불러내던 어제의 부드러운 비
넘쳐나는 힘으로 떨어져 내리며
마음의 단잠을 깨우고 있는 오늘의 세찬비
흠뻑 젖은 세상을 맞이하는 하루를
다시 한 번 열어가고 있지만
아쉽게도 그윽한 한 잔의 향기를 마주하며
하늘의 감성과 어울려 놀아줄 시간이 없다
매일 다른 감성과 이성의 시간을 보내고 있지만
오늘만큼은 내 안으로 흘러 들어오는
잡다한 관념들을 묶어두고
마음의 빗장을 걸어버리는 24시를
마주하고 싶다

하루쯤은…

내리는 비의 모습과 느낌을 때마다 다르게 담아내듯
매일 느껴지는 감성 또한 다르게 담아내기 마련이다

·

·

바쁜 현실 앞에서 지나는 바람같은 존재가 되어
새겨두지 않으면 묻혀지고 사라져버리는 느낌이 감성이다

매번 다른 느낌들을 표현하고 남기는 일은 어쩌면
마음이 살아온 시간을 남기는 일과도 같으리라 생각 된다

타고나지 않았기에 솜씨좋은 글을 쓰지는 못하지만
감성의 자취를 남기고 있는 일에 의미를 두고자 한다

김시은

■ 목차

김시은

김 재 희

봄

봄인가보다
꽃이 피려 한다
푸른 생명을 간질이는
바람의 향기가 불어온다

간간히 외롭고
간간히 즐거웠던
긴 계절의 끝이 보이기 시작한다

새 봄이 부르는 생명의 노래와
더불어 장단 맞추는 나의 노래마저
즐겁다

처음으로

목적 없는 멈춤의 시간
천년 사찰에서의 명상과 호흡
기름기가 빠지고 기가 채워지는 시간
약속한 시간만 흘려보냈다고
한탄하던 마음이 절로 부끄럽다

거리 장터 철지난 군밤과 번데기를 맛보며
천년지기 절터와 교류한다
찌든 속세의 때를 닦아내고
처음 순수의 빈 마음으로 되돌아가리라고
천년의 터에 고함한다

어미의 사랑으로 보호받고
아비의 기를 받으며 자라난
품안의 어린 자식이었던 내가
얼굴조차 자주 비추지 못하는 자식이 되어있었다
마치 일수쟁이 빚 받으러 방문하듯
편치 않은 마음으로 어미 아비를 찾는 일이
종종 있었을 뿐이었다
그마저도 어쩌다가

천년사찰의 모습으로
자식바라기에 목이 늘어진
내 어미 아비 생각에 가슴이 울컥거린다
끝나지 않은 천년 인연의 여로
지금 이 시간 간직한 마음처럼 잊어선 안 되는 사랑
다시 처음으로, 그들을 만난 처음으로
돌아가고자 한다

노래를 만든다는 것

사색과 고독의 시간들을 써간다
써내려간 이야기들은 감미로운 선율을 만나고
부드러운 누군가의 목소리를 만나고
세상과 버무려져 절묘한 맛의 비빔밥이 된다

대중의 입맛에 맞게 비벼지면 대중적인 성공을
소수의 입맛에 맞게 비벼지면 매니아적 성공을
아무도 원치 않는 맛으로 비며지면 버려지는

노래를 만든다는 것은
맛있고 잘 팔리는 비빔밥을 만드는 일과 같다

불면

세상은 빠르게 변하고
세월은 무심히 흐른다

지난 세월이
가끔 나를 부르지만
난 그곳에 갈 수가 없다
아쉬웠고 화려했던 곳에서 초대한들
다시 돌아 갈수 있으랴
이제서
젊음이 아름다웠음을 알아 간다

.
.

지난날에 대한 성찰로
오늘 나에게 부과한 벌칙
사색과 회상의 밤
잠 못 이루는 불면의 고통

기도

신세를 갚아야 한다는 맘으로
하루를 살아간다
그리고 나 후회 없기를 기도한다

슬픈 혼란의 시대에
아픔을 덜겠다는 맘으로 내일을 맞이한다
그리고 나 사용되어 지기를 기도한다

저무는 석양을
감사한 마음으로 맞이하며

꼴찌

늘 꼴찌라고 생각한다
그래서 못되면 본전 잘되면 대박
조금만 노력하면
올라갈 자리가 너무 많으니
솔직히 제일 마음 편한 자리가 꼴찌

내일은
꼴찌에서 두 번째 자리에만 올라선대도
행복하겠지

꼴찌여서 행복한…? 나!

소통

불러줄 때 빠지지 말고
서운할 때 삐치지 말고
넘쳐날 때 도울 줄 알고
부족할 때 받을 줄 알고
서로 이해하고
서로 위로하고

살아가는 동안에는

살아가는 동안 숱하게 비바람을 맞는 일
그것은 그냥 자연적인 것일 뿐
그것을 피바람으로 발전시키지 말길
오해와 왜곡된 진실들을
모두 이해시키려 하기엔
우리의 삶속에는 너무도 할 일들이 많으니
서로 보듬어 주며 살아가는 게 정답이지 않겠나

살아가는 동안에는

세월속의 시간을 채우다

떠밀려서 가는 것도 가는 거고
앞장서서 가는 것도 가는 거고
때가되면 가는 삶 위로 흘러가는 시간

될 때가 되어야 되는 거고
기다릴 줄 알아야 되는 거고
때가되면 오는 삶 위로 다가서는 시간

가는 시간 미련 없이 떠나보낼 줄도 알아야 하고
오는 시간 반가운 맘으로 맞이할 줄도 알아야 한다

가고 오는 시간 위에 만들어 가는 사연들로
세월속의 시간을 채운다

계절의 향기를 맡는다

향기를 맡는다
낮과 밤, 땅과 하늘, 사랑하는 연인
존재하는 모든 것들에서 묻어오는
낯익은 계절의 향기를 맡는다

시인이 써내려가는
감성의 시가 아름답게 들려오는 계절
노래하는 음유시인이 되고 싶다

입으로 말하는 모든 의미가
다시 내 가슴으로 스며들어와
더 큰 의미가 되는 계절, 가을인가보다
사랑한다 말하면 더 큰 사랑으로 다가오고
슬프다 말하면 슬픔으로 돌아오는 계절

커피향이 그윽하게 번지는 가을
지나는 사람에게서 느껴지는 푸르른 하늘의 느낌
누군가가 써놓은 그리움의 편지를
떠가는 구름이 내게 읽어 주는듯한 느낌

가을 향기를 맡는다
지난 추억을 잠시 회상하는 것만으로도
젖어드는 계절, 가을

그 계절의 향기를 맡는다

이렇게 안고 살아가는 것이 그리움인가 봅니다

당신의 마음이
이미 내게 닿아 있다는 것을 알지 못한 채
나는 당신을 찾아 헤맸습니다
당신께 붙이지 못한 편지를 읽고 또 읽으며
많은 나날들을 원망하며 그리워했습니다

어느 날
취하는 가을 향기에 서글퍼져
작은 카페에 앉아 하루를 보냈습니다
예쁘게 핀 이름을 알 수 없는 꽃들과 나는 새들의 모습
종이비행기를 날리는 아이들의 순수한 모습까지도
나에겐 그저 우울함의 대상일 뿐이었습니다

잊으려 하면 다시 떠오르는
잊을 수 없는 이름이 당신이라는 것을 알았습니다
그리움이란 이렇게 안고 살아가는 것이었나 봅니다

어느 날
우연히 당신에게서 온 편지를 보았습니다
당신을 그리워한 나의 날들보다 보다

나를 그리워한 당신의 날들이 더 많았다는 사실을 알고
당신 사연이 나를 아프게 하고 있습니다
나를 잊은 당신이었다고 생각했었는데

당신이 살고 있는 세상에서
단 한 번도 나를 잊은 적이 없었다는 것을 알았습니다
참 바보 같은 나의 마음이란 걸 알았습니다

나 혼자만의
그리움이라고 미련이라고 사랑이라고
애써 당신을 잊으려 했었는데

'나, 당신을 잊은 적이 단 한 번도 없습니다'

기다림

많은 기대와 설렘 그리고 원망의 반복이었지
죽을 만큼 힘겹게 오래도록 지속되어 온 반복적인 불행
빈 마음이 하늘을 나는 새의 날갯짓처럼 평화로워질 때
비로소 긴 기다림은 행운이라는 반가운 손님이 되어 찾아와 주나봐

그리움에는 이유가 있다는 걸 알게 되었지
도무지 알 수 없었던, 미로처럼 복잡한 일들이
쉬운 답이 되어 내 앞에 줄을 서고 있는 걸 보며
아름답고 황홀해 지금 모든 것들이
겨우 시작일 뿐인데도

아름답게 이어질 이야기를 기대하고 있어 난
내 앞에 이러쿵저러쿵 펼쳐지게 될 많은 이야깃거리들을
한 자리에 눌러 앉아 조용히 기다리고 있어

길

비운 것과 비워진 것의 차이
살아감의 길을 걸으며 알게 되고

쌓여감과 줄어듦의 차이
또한 살아감의 길을 걸으며 알게 된다

일방과 쌍방의 통행 길은 없는 길이 아니다
두 종류의 통행 길 모두 내게 주어진 길이다

어느 방향으로 가야할지 내게 알려주는
표식이 분명하게 나 있는 길

가끔 나는
아무런 표식이 없는 길을 걸으며 혼돈을 느낀다
어느 방향으로 걸어야 할지 혼란스러운
어지러운 길을 걸을 때가 있다

기다림 2

어둠이 오기를 바랐던 불빛처럼
가을이 오기를 기다리던 남자의 마음

지난여름을 뜨거웠던 기억을 잊고
난 어느새 가을, 추억 속에 스며든다

깊은 계절의 바람이 한줄 스쳐간다
수없이 지나던 바람인데
새로운 느낌으로 지나가는 바람

낙엽 냄새 나는 상상의 길 한가운데 서있다
갑자기 내린 가을 소나기에 젖어든 옷
가을을 기다리며 좋은 기분을 간직하는 밤

인생

어둠 속에서
밝은 곳을 바라 볼 때는
선명하게 보이나

밝음 속에서
어둔 곳을 바라 볼 때는
잘 보이질 않는 것

그것이 인생

시처럼 불어오는 바람에

시처럼 바람이 분다
시린 눈물의 바람이 아닌
뜨거운 열정의 바람이 분다

거대한 하늘 밑으로는 펼쳐진 초록의 강
활짝 피어난 꿈이 울창하게 펼쳐져 있다

소망하고, 나누고, 사랑하고, 행복하고
황홀경에 빠진 듯 아름다운 순간
생명의 대지 위에 우리가 함께한다는 것
놀랍고 아름답다

잠깐의 고요함은 깨지기 쉬우나
그 순간의 에너지로 시끄러운 긴 시간을 이겨낸다
내 육신의 힘은 세상과 소통하고 접속하여
비로소 쓰여 진다

지금도 충분한 바람이 불어오고
불붙은 생명의 대지는 붉어져 간다
하여 꿈은 깨어난다

어둠의 바다는
서서히 새벽을 밝히는 등불 속에 숨어들고
멀리서 빛나던 마지막 밤별 하나가 사라진다
붉은 색 불덩이가 세상을 비춘다
어둠의 장막이 사라져 간다

나에게 하는 질문

"잘 가고 있니?"

행복한 여행인가
고통의 여행인가
잘 가고 있는 건지 가끔 내게 반문해본다

고비다
매번 지나쳐왔던 덜컹거리는 길 위를
다시 걷고 있는 듯하다
그럴 때 마다
훗날을 그리며 훌쩍 성장한 모습을 떠올리곤 했다

내 가슴엔 생명의 나무가 자란다
꽃을 찾는 나비가 기어이 꽃을 찾아내듯이
텅 빈 길 위에 서있는 꿈꾸는 소년은
기어이 꿈을 찾아 걸어간다

이랬든 저랬든
늘 어두운 밤길을 뚫고 집에 도착해있었다. 난
언제나 도착할 집이 있어서 행복한 나 일수도 있다

·

·

"잘 가고 있니?"
"그래 잘 가고 있는 중인 것 같다."

웃음구급차

내게
구급차 한대가 왔다
웃음 실은 구급차가
하 하 핫

가난과 질병, 시련은
늘 함께 동반하여 찾아오곤 했다
왼쪽 눈이 중심성 망막염으로 정상이 아니고
알레르기와 감기, 몸살, 심각한 근육통
만성 통풍에 걸린 발, 몹쓸 무릎 관절염
툭하면 다치는 몸
뼈가 부러지고 인대가 끊어져 정상이 아닌 발목
뛰는 건 영원히 불가능한 오른쪽 발
치료를 기다리는 췌장
과민성 대장증후군으로 인한 복통

그럼에도
삶을 버리지 않을 수 있었던 건
기운을 잃지 않을 수 있었던 건
네가 보낸 구급차에 실려 있던

웃음 때문이었다
하 하 핫

이 사람을 만나야 합니다

나
이 사람을 꼭 만나야만 합니다
전화도 안 받고, 편지도 안 읽는 그 사람
걱정이 쌓여 뜬 눈으로 지샌 적이
하루 이틀이 아니었습니다
도통 이 사람을 만날 수가 없습니다

나
이 사람에게 돌려줘야만 합니다
평생토록 그리워만 했던 나의 마음을
비가 오면, 바람이 불면, 그렇게 애가 타던 이 마음을
꿈속에 만난 그 사람은 아무런 말이 없었습니다
나 이 사람을 만나야만 하는데

담을 넘어 피어난 화려한 장미넝쿨과
신비로운 향기와 밝은 빛이 가득한 세상
아름다운 하늘정원에서나
나 이 사람을 만나려나 봅니다

친구 이 어둠

지치고 힘들 땐 잠들어도 좋다

어둠이 내리고
별빛은 흐르고 고요함의 친구들도 지난다
속삭이던 비밀의 정원이 날 초대한다

어둠은 다시 깊어가고
잠에 취한 거리마저 아름다운 꿈이 된다
세상은 쓸쓸한 밤을 헤매다 지쳐 쓰러지고
그렇게 묻어지고 살져간다

지치고 힘들 때 편하게 안기고 싶은
이 어둠은 나의 친구

하늘, 별, 바람, 꽃 그리고 그대

내가 별을 그리면
그대는 하늘이 되었고

내가 하늘을 그리면
그대는 은하수가 되었고

내가 꽃을 그리면
그대는 어느새 바람이 되었다

별은
하늘에 은하수가 되고, 꽃으로 피어나고
스치는 바람으로 내게 머문다

내가 서있는 이곳에
그대는 하늘, 별, 바람, 꽃이 되어
은하수처럼 예쁘게 살고 있다

노래를 흥얼거리며

누가 사랑을 아름답다 했는가
누가 사랑을 아름답다 했는가
차라리 그대의 흰 손으로 나를 잠들게 하라
내 젊은 시대의 노래는 이랬다

지금과는 사뭇 다르다
영혼의 울림이 있었다. '한'이란 정서가 있었다
현란한 춤과 세련된 기교로 감각세포를 자극하는 지금의 노래와
촌스럽고 단정하지만 감성세포를 자극하는 내 젊은 시절의 노래
선택을 하라한다면 나는 당연히 그 시절의 노래를 선택할 것이다

잔잔한 그리움들이 함께 어우러져
가슴 가득 채워지는 벅찬 감동을 느끼게 해주는 노래들

.

.

누가 사랑을 아름답다 했는가
누가 사랑을 아름답다 했는가
차라리 그대의 흰 손으로 나를 잠들게 하라

중독성 강한
이 노래를 온 종일 흥얼거리고 있다

동질감

신이 만든
작품 속에서 살며
인간이 만든
작품을 보며 감탄한다
거대한 우주
아름다운 지구별에
미약한 존재로 태어나
함께 여행하고 있는
방랑자들

그들을 바라보며 느끼는
그들도 나와 같을 거라는
생각

다짐

똑같은 실수는 하지 말아야 한다
실패의 쓴맛을 지독한 경험으로 알았기에
똑같은 실패는 반복하지 않을 것이다

인연을 위한 기도

인연이란
정성스럽게 만든 수제품 같은 것

조그만
공방에서 만들어진 수제품은
여러 차례, 가공 되어지는 과정을 지나
거대한 도시로 퍼져나간다
세상에 다가서기 위해
단정하게 정리된 모습으로
치장되어 진다

새롭게
만들어 가는 인연
시작되는 인연의 힘으로 기적을 만들고
아름다운 시간을 만들 수 있도록
나 역시 단정하게 내 모습을
치장한다

각자의 삶속에서
최선을 다해 살아가는 아름다운 모습들

모든 사람들이 속임수 없는 건강한 세상에서
아름다운 만남을 지켜나갈 수 있도록
기도한다

좋은 인연이기를

얼음성의 봄

메마른 나무에 단비가 내리고
따뜻한 햇볕이 땅위로 쏟아진다

작은 꽃이 피기 시작했다
최초에 피어나는 꽃의 이름을
탄생화라 나는 부르련다

얼음의 땅을 뚫고 피어난 생명의 꽃
탄생화가 피어났다

얼음성은 어느새
화사한 봄을 맞이하게 되었고
얼음나라의 차가운 모습은 사라져 갔다

얼음벽으로 둘러싸인 성곽 위를
화려한 봄꽃이 점령하기 시작하더니

얼음왕국 군주의 차가운 위세는 사라지고
따듯한 왕국의 새로운 군주의 기세가 등등하다

얼음성에 찾아온 희망

봄

북한산 정상에서

이 산 정상에 올라 보면
저 산 정상들이 즐비하게 보인다
애써 오늘이라는
이 산 정상에 올라선 듯한데
어느 세월
저 많은 산의 정상을 만날 수 있으려나
오르막에 서면 힘겨웠고
내리막에 서면 수월했다
땡볕에 그늘을 만나면 감사했고
비탈진 길 위에서 만난
눈보라와 비바람은 원망스러웠다
감사와 원망을 번복하며
힘겹게 오른 이 산 오늘의 정상
내일 오르게 될지도 모를
저 산들이 감추어 놓은 속내가
수월했으면 좋으련만

어디 한 번이라도 수월 했더냐
산을 정복하는 일이

친구란?

어떤 어려움이 닥쳐도 함께할 수 있는
친절한 마음을 간직한 사람

보석 같은 사람

보석
스스로 황홀한 빛을 내지만
착용한 사람을
더욱 빛나게 하기도 한다

보석 같은 사람
남을 돕는 일을 통해
스스로 빛을 내는 사람

흑백사진

밤하늘 별 보듯 보고 싶고
바람이 지나는 느낌처럼 그립고
포근히 내리는 비처럼 감미롭고
조용히 흐르는 음악처럼 아름다워도
볼 수 없는 그대를

낡은 흑백사진 속에서
만난다

스펀지의 법칙

산에 돌을 던지면
산이 아픈 가
돌이 아픈 가
그저 산이 될 뿐

바다에 돌을 던지면
바다가 아픈 가
돌이 아픈 가
그저 바다가 될 뿐

공평한 산

산은 평등하다
누가 산에 오르던지 일정량의 산소만을 준비한다
산이 내어주는 신선한 산소를 얼마만큼 흡입하는가의 일은
산을 오르는 각자에게 주어진 몫이다

내 것

숨 쉬고 있다는 것에 대한 감사함
저물어 가는 것에 대한 추억들
긍정이 빚어낸 기적들
살아가는 일에 의미를 주는 사람들

모두 내 것들

기억속의 행복

어린 시절
작은 다락방에서 별을 보던 때가

궁궐 같은 집에서
별을 볼 수 없는 지금보다 행복하다 느끼지만

돌아갈 수 없는
기억 속에 존재하는 행복일 뿐이다

잠들기 전
달콤하게 떠오르는 아련함 속의 행복

바람이 지나간 자리에 남겨진
한 움큼 그리움과 같은 행복

내 기억속의 행복들

힘내야겠죠

오르는 길에 일그러졌던 얼굴은
내려오는 길에는 편안하게 펴집니다
지금 그대의 얼굴은 어떤 표정이죠
혹시 일그러진 괴로운 표정을 하고 있다면
그대는 정상을 향해 오르고 있는 중임을
잊지 마세요
곧 정상에 우뚝 서게 됩니다
그리고 편안한 길을 걷게 될 거랍니다

힘내야겠죠

무제

고요한 밤이다
바람이 불어오는 곳으로 고개를 돌리고
별빛과 눈 마주치는 곳으로 고개를 들었다

바람이 차가워도 마음은 따뜻했다
별빛이 슬퍼보여도 마음은 평화로웠다

밤이 조용히 지나가고 나면
다가와줄 기쁨이 있을 거라 믿었기에

.

.

믿어요. 나는
기쁘게 다가와줄 일들을 담을 수 있도록 마음을 열어요

마음을 여는 일은
차가운 바람보다 슬픈 별빛보다 신비한 힘을 가졌거든요

단전호흡

세월이 흐르는 것 보다
내 삶을 더디 흐르게 할 수는 없을까

잠시 모든 것을 정지 시켜본다
호흡도 최대한 천천히

눈을 감고 모든 세상을 단절시켜본다
온 세상을 어둠속에 가두어 본다

눈을 뜨면
마취에서 깨어난 것처럼
시간을 잃어버린 것처럼
잠시 어지럽지만
재충전된 기의 세상을 만나게 된다

세월을 더디 흐르게 할 수는 없지만
내 삶에 기운을 충전시켜
단단하게 살아갈 수는 있을 것 같다

신의 축복은 없다? 있다!

하루 열다섯 시간
매일 열 병 오 년간 술을 마셨다

하루 여덟 시간
매일 일 년 반 동안 축구를 했다

신의 축복은 없었다

강철 위장을 주지 않으셨고
강철 허벅지도 주지 않으셨다

만신창이가 되었다

하루 스무 시간
서빙 일을 했다. 매일 술을 마시며
여섯 달 동안을

일 년에 두 번
경찰서를 들락거렸다
삼 사 년 동안은

신의축복은 없었다

나의 왼쪽 눈이 잘 안보이기 시작했고
빨간 줄도 그어졌다

만신창이가 되었다

.
.

그런 나에게
뭔가가 생겨나고 있다
신이 축복을 내려주시고 있다

어떻게 펼쳐질까
무엇이 펼쳐질까

?

달

작은 창틈으로 달빛이 들어온다
무심해서 널 몰랐구나
이제 보니 참
더럽게 차갑구나 더럽게 슬프구나

네가 적이더냐
내가 서럽게 울도록 내버려두니 말이다
네가 내편이더냐
내가 잘난 체 하도록 내버려두니 말이다

작은 소주잔에 달빛이 한 모금 잠겼다
널 몰라도 너무 몰랐다
이제 보니 참
눈물 나게 따뜻했구나 눈물 나게 푸근했구나

작은 창틈으로 달빛이 돌아간다
고개를 빼꼼히 내밀어 보니
밤하늘에 꿈이 피었다
유난히 크고 예쁜 꿈이 피었다
어제만 해도 마음을 심란케 하던 달인데

오늘은 네가 먼저 내게 안부를 전하니 예쁘구나

봄바람에 달빛도 흔들린다
달빛 스며든 벚꽃이 떨어진다
은은한 빛에 세상이 취해 잠든다
세상을 잠재우는 아름다운 천사
그대 이름은 달이다

마음을 내려놓고

임자 없는 하늘 한 번 보고
임자 없는 구름 한 번 보고

임자 없는 바위에 털퍼덕 앉아
임자 없는 바람의 감촉을 느끼고

임자 없는 자연이 준 여유가 고마워
임자 없는 눈물이 주루룩 흐른다

네 것도 내 것도 아닌 세상이라고
임자 없는 하늘이 그리 속삭이는데

무엇을 가지려 욕심내고 슬퍼했었나
무엇을 얻으려 집착하고 아파했었나

허실로 가득했던 내 마음을 다스리고
하늘을 지나는 임자 없는 태양을 향해
임자 없는 미소나 지어 보이련다

초심

바라보고 있던 사람을 소유하게 되면
빼앗기지 않으려 간섭하고 집착하게 되고

내 소유물이란 생각에 구속하려 들고
사랑으로 바라보던 마음은 원망이 되고

그 후엔 울고, 불고 지.랄.들 한다

처음을 생각해봐
첫 마음은 바라만 봐도 행복했을 뿐이었잖아

길

푸른 나뭇잎이 무성한 나무도 보이고
노란 나뭇잎이 무성한 나무도 보이고

조그만 열매를 맺어낸 나무도 보이고
앙상하게 말라버린 빈 나무도 보인다

길 가장자리에 늘어선
갖가지 나무를 바라보며 걷고 있는 곳

그곳이 '길'이다

기도 2

내 의지로
강해지는 나를 만들게 하소서

실패를 극복한 작은 힘
그로 말미암아 더욱 큰일을 해낼 수 있는
강한 힘을 가진 나를 만들게 하소서

그 힘으로 성공을 이루는 자가 되더라도
낮은 곳에서 불행의 길을 걷고 있는 이들의
친구와 같은 사람으로 나를 낮추게 하소서

나를
나 스스로 만들도록 하소서
나 스스로 이루도록 지켜봐 주소서

퇴짜

한 잔이 그리워
무심코 걸었던 전화에 퇴짜
그 친구 바쁘단다

아쉬운 맘을 뒤로하고
집으로 향하는 강변북로를 달린다

달리는 차창 밖으로 시선을 향하니
물위로 떠오른 별빛이 날 반긴다

아쉬운 퇴짜 덕에 마주한 감동이었다
잘했다 퇴짜 맞길

똑같다

단 한 줌도
손에 쥘 수 없는 바람과
단 한 푼도
죽어 가져 갈 수 없는 돈

마지막엔
자연으로 돌아가게 되는 삶
많이 가지고 있는 너나
적게 가지고 있는 나나

똑같다

모래와 같은 인생

인생은 모래와 같아서
멀리서 바라보면
아름다운 능선처럼 보이지만

가까이 바라보면
아주 작은 각설탕처럼 까칠한
조그만 객체들이 하나하나
세밀하게 보인다

멀리서 바라보는
누군가의 인생이 곱고 아름답게
보인다 해도

가까이 바라보면
거친 모래알처럼 까칠한
거칠고 안타까운 사연이 하나하나
숨어 있다

구식인간

난
요즘 사람들과는 괴리감이 있는
구식 인간이다

난
요즘 사람들의 귀를 즐겁게 하지 못하는
구식 인간이다 구식 가수다

그러나

난
노래하는 가수이고
뮤지컬을 연기하는 배우이기도 하다

난
드러난 팬도 별로 없고
광적으로 열광하는 팬도 별로 없다

단
한 컷도 화면에 드러나지 않는

앙상블들이나 세션들보다도 팬이 없다

가끔 창피할 만큼

구식 인간
내가 살아가는 이유가 여기에 있다

배가 고플 때
물 말아 먹는 찬밥이 최고의 진미가 되듯

아무것도 가진 것 없는 내가
희망의 날을 더욱 크게 그릴 수 있기 때문이다

드러내지 않고 날 응원해주는
팬이 아닌 친구들이 있기에 행복하다

친구들을 위해
옛 노래를 부르고 옛 감성을 찾아 나서는

난

구식 인간이다 구식 가수이다

날
사랑해 주는 친구들을 위해
고개 숙여 신발 끈을 묶고 있는 구식 인간

쪽팔린 세상

동네
꼬마 아이들이 지나던 날 보고
잘생겼다 했다네

기분 좋아
과자 값이라도 주려 지갑을 꺼냈지
돈이 하나도 없었다네

쪽팔렸지만
아이 마음을 돈으로 사려하면 안 된다고
나에게 충고하며 나에게 위로 하고

뒤돌아서서 울었다네

아
돈 없으면 쪽팔린 세상 하늘에
구름이 가득하더니

기다리던 봄비가 맛나게 내리네

어둠의 제왕

어둠속의 삶을 택한 달님은
어둠을 지배하는 제왕으로 태어났다

신비롭고
은은하고 처량하고 쓸쓸하지만
어둠속에서 희망의 빛을 밝히는 빛으로

그 때문에
근엄한 제왕의 모습을 간직했을지도 모를
푸른 달님

그는 하루를 조용히 정리 해주고
내일의 햇살을 품어 나를 살아가게 한다

술 한 잔 기울이고 싶은 오늘
함께 잔 마주치자 하는 친구 하나 없다

제왕에게 권하는 한 잔에
부서지는 달빛을 내려 주시는 구나

아

슬프고도 아름다운 제왕의 빛이여

내일을 위해 건배

소통의 법칙

누군가를 이해시키려 하지 말라
상대의 가슴을 전혀 움직일 수 없다

인어공주의 존재를 믿는 정직한 아이의 마음으로
마주보는 가슴을 건들라

진실로 가슴을 전하는 말 한 마디가
상대의 가슴을 움직일 수 있다

행복해지는 법

나만 아는 순간 남이 힘들어 하고
남을 아는 순간 내가 행복 해진다

첫눈과 함께 내리는 그녀

눈이 내린다 기억 저편의 하늘에서

시간을 거슬러
기억 저편의 하늘아래 도착한다
하얗게 내리는 눈 속에
목이 긴 부츠를 신은 그녀와 마주 서있다
그녀와 난
눈 쌓인 나무숲을 지나 바다로 간다
마주 잡은 손은
서로의 따스한 가슴을 확인하기에 충분했다
따뜻한 커피가 있는 찻집으로 들어섰다
진한 커피 향에 취한 것인지
서로의 깊은 느낌에 취한 것인지
뱉어내지 못하는 한마디가 입안을 맴돌고만 있다
'사랑해'
손짓, 사소한 몸짓, 스치는 눈빛
아름답고 잔잔하게 전해져오는 느낌
쉴 새 없이 서로를 느끼고 있었다

꿈에서 깨어난 듯

다시 내 앞으로 돌아와 서있는 현재의 시간
외로움인가 고독인가
가슴 한 켠을 누르는
정체모를 감정이 방망이질 한다
미치도록 쿵쿵거린다
깊은 사랑이었다
사랑했던 만큼 보고팠던 깊은 그리움이었다

어디에선가
그녀가 밟는 눈 소리가 들리는 듯하다
창 너머로 별 밭으로 시선을 기대어 보지만
그녀의 모습으로 가득한 세상은 지울 수가 없다

보이지 않아도 들리지 않아도
사랑했던 만큼 깊은 그리움이 파고든다

그녀가 보고 싶다
눈이 내린다
그녀를 기억하는 내 가슴에 스며드는 눈이…

잠시 멈춤

쉬어 가야겠다
눈 내리는 날 하얀 설렘도 모른 체하고
흘러가는 낭만 구름의 유혹도 모른 체하고
공짜로 주어진 맑은 공기나 양껏 마시며
지그시 눈 감은 채로
쉬어 가야겠다

참말로 보잘 것 없는 나하나 없어진들
세상 변하기야 하겠냐마는
나 없으면 안 되는 사람들은
어쩌나, 어쩌나 하는 걱정스런 마음에
잔혹하게 달려온 지친 내 몸뚱이
조금은 쉬어가도록 편한 자리에 누워
잠시만 멈춰야겠다

빗속의 자유

비가
흠뻑 내리고 있었지만
우산 없이 거침없는 비를 맞았다
아무렇지도 않았다
기분이 나쁘지도 창피하지도 않았다
곁을 스치는 이방인들의 시선에
아무런 느낌도 없었다

빗속에 나를 던졌다
시련의 빗속으로 뛰어 들었다
그리고 얻은 자유를 만끽했다
단순히 비를 맞는 것이 아니었다
자유와 영혼의 해탈 같은
비를 맞고 있었다

현기증에 쓰러질 듯했고
세상엔 나 이외에는 보이지 않았다
비로소 얻은 자유의 느낌
고통에서 해방된 이 느낌을 쌓이게 하리라

고난과 시련의 고통 속에서 느끼는
슬픈 자유를 사랑하리라

행복한 나무

내 뿌리는 땅속 깊이 견고하게 박혀있고
내 굵고 튼튼한 줄기는 하늘을 향해 뻗어있다
내 잎사귀를 갉아 먹는 작은 벌레들과
내 잔가지를 흔들어대는 거친 비바람이
제법이다 싶을 만큼 나를 귀찮게 한다하더라도
가을이 오면 반드시 단내 나는 열매를 맺어낸다
숨이 다하는 날이 내게 찾아올지라도
그날엔 썩은 나무두엄이 될 내 모든 몸뚱이는
흙으로부터 태어나는 모든 생명의 양분이 되어
건재하게 다시 살아날 터이니
나는 사라지지 않는 생명을 가진
기쁜 존재로 남을 것이다

나는 행복한 나무이고 싶다

비오는 날엔 하도 그리워서

비오는 날엔
하도 그대 그리워서

바람의 뒤 꽁지를 따라 내리는 비
창 너머 나뭇가지가 맞이하는 힘겨운 비바람
비오는 날엔 하도 그리워서
떠난 그대 자리만 바라본다

비오는 날엔
하도 그대 그리워서

느린 걸음으로 비를 따라 걷는 밤
애절한 내 심장으로 파고드는 빗물의 노래
비오는 날엔 하도 그리워서
둘이 걷던 그 길을 홀로 걸어본다

비오는 날엔
그대 하도 그리워서

인생이란 거 슬픈 거짓말 같아

인생이란 거 슬픈 거짓말 같아
진실을 찾기 위해서 헤매는 영혼에게
거침없는 조언과 충고를 하지만
실은 자신도 힘들어 허덕이며 말하는
슬픈 거짓말들이었어
인생이란 거 누구나 죽기를 각오하고 사는 것 같아
태어날 때부터 누구나 죽기로 신께 약속했잖아
매순간이 죽기로 각오하고 사는 거잖아
각자의 위치에서서 각자의 그릇만큼…

결국 자신도 치유하지 못하며 죽어가는데
이곳저곳 책 속의 그럴듯한 말들이 모두 사실일까
인생이란 거 슬픈 거짓말들 같아

김재기

당신이 천사였으면 좋겠습니다. 영원히 살아있는
당신이 천사였다면
이렇게 많은 눈물은 흘리지는 않아도 되었겠죠

당신과의 추억이 기억에서 자꾸만 멀어져가고 있습니다
영원히 세세히 기억할거라 생각했는데
그리고 만약에 당신이 지금도 살아있다면
당신 때문에 이렇게 슬픈 노래는 부르고 있지는 않았을 테죠

당신을 생각하면 뜨거운 여름이 생각납니다
팔월 열하루 그날은 당신이 세상에서 멈춘 날입니다
만약에 당신이 비오는 날 떠나지 않았다면
당신 때문에 비오는 날마다 술을 마시지는 않았을 테죠

비와 당신 그리고 슬픈 나의 노래
내생에 전부가 되어버린 당신에게 나지막하게 고합니다
당신이 천사였으면 좋겠습니다
내 곁에서 영원히 날 지켜주는…

방랑자의 노래

꽃 가람에 배를 띄워 너에게로 간다
달빛에 찰랑이는 너에게로

내 갈 곳 어디인고 당도한곳에 몸을 내려
오솔 길 따라서 흘러서 간다

뙤약볕 여름날이 지나니 파아란 가을이라
그곳이 어디든 좋다한다 예그리나

낙엽 밟는 소리에 놀라 달아나는 청춘이여
다시 오지 않는다 해도 잡지도 않으련다
이미 정해진 세월 앞에 그저 담담히 맞으리

고마웠던 사람들 가슴에 품으며
원망하기도 사랑하기도 하였노라만
그마저 세월 속으로 떠나보내련다

기쁘다
함께 추억할 많은 일들이 있어서

아버지의 독백

내 아버지 당신은
위대한 아버지 이십니다

오랜 세월
가슴으로 뱉어온
당신 독백들이 들리는 듯합니다

비가 오나
눈이 오나 걸어 오셨던 길
삶이 흔들릴 때마다 하고 싶었을 이야기들
당신이 홀로 하시던 말들이 들리는 듯합니다

내 아버지 당신은
사랑의 아버지 이십니다

예전에도 지금도 그리고 내일도
지울 수 없는 그리움이고 사랑입니다

화살처럼 빠르게
세월은 날아가 버렸습니다

살며, 사랑하며 지내온 인생의 향기가 남아
작기만 하던 아들의 가슴에 박힙니다
이제 서야 그 사랑이 느껴집니다

.

.

"나는 괜찮다."
"바쁜데 어서 일보러 가거라."
"그랬구나. 뭐든 잘해 보거라."
"해준 것이 없어 미안하다."

내게 하셨던 사랑의 언어들이
한꺼번에 떠올라 슬퍼지는 밤입니다

사랑하고 존경합니다 아버지

1982년 어느 날

저녁이 되어갈 무렵
내가 사는 동네와 멀리 떨어진 친구의 집 앞마당에서 공놀이를 하고 있었다
평소 가난한 집안형편을 숨기고 싶어서 친구들을 집으로 초대한 적 없었던 나는
그날도 멀리 친구의 집으로 갔다

한창 공놀이에 푹 빠져있을 즈음
아버지가 연탄 지게를 짊어지시고 나타나셨다
그리고는 내 친구의 집에 연탄을 나르기 시작하셨다
모두가 나를 비웃으며 쳐다보는 듯했다. 정말 창피하고 싫었다
애써 아버지를 외면하며 모른 체 했다
공놀이에 더 집중하며 친구들의 시선을 따돌리기에 바빴다
연탄을 다 쌓으시고 골목길 땅바닥에 떨어진 검은 연탄재를 치우고 계시는 아버지

친구와 헤어진 후 아버지를 기다릴까 먼저 집으로 갈까 망설였다
일을 돕지 않았다고 혹시 꾸중이라도 들을까봐 아버지보다 앞서 집으로 향했다
멀리서 아버지가 연탄지게를 지고 오신다

고등어와 계란 한 줄을 양손에 들고

“아버지 다녀오셨어요?”
형들이 아버지의 귀가를 반기는 저녁인사를 하고 있었다
뒤늦게 나도 아버지에게 인사를 하며 머리를 꾸벅하고는 얼른 자리를 피했다
가볍게 내 머리를 쓰다듬고 방으로 들어가시는 아버지 얼굴을 쳐다볼 수가 없었다

저녁 식사를 하는 내내 아버지한테 너무 죄송하고 미안했다
아버지는 아무 말씀이 없으셨고 식사만 하셨다

밤이 깊어간다
작은 산 속의 판잣집 이지만 따뜻한 훈기가 가득한 집
전깃불이 꺼지고 모두 잠이든 시간
오줌이 마려워 아버지를 깨웠다
산 속 화장실에 귀신이 산다는 말이 무서워 혼자서는
어두운 뒷간을 방문할 자신이 없었다

피곤한 몸을 일으켜 세우시며 서운했을 아들의 밤길을 함께 지켜 주

셨다
불빛도 없지만 별빛에 환하게 나있는 좁은 산길을 따라 뒷간으로 향했다
아버지를 따라 다시 집으로 가는 잠깐의 시간동안 나는
커다란 아버지의 든든한 등을 보았다

난 기억 한다. 1982년의 아버지를
영원히 잊을 수 없는 젊은 아버지의 든든한 모습을
시간이 여러 해 흐른 오늘, 아버지의 초라해진 모습을 바라보며
초점이 사라진 아버지의 눈빛을 보며
우는 건지, 화난 건지, 슬픈 건지, 도통 알 수 없는 희미한 눈빛을 보며
세상엔 딱 아버지의 모습 자체만 남겨져 있었다
난 나를 잃어가고 있었다
더 이상 아버지에게 다가갈 수 없는 무기력에 빠져버렸다

아버지
아무것도 해드릴 것이 없어 죄송합니다
죄송합니다. 죄송합니다. 아버지
오로지 아버지의 몸에 깃든 통증이 조용히 사라지도록 기도만 할 뿐

아픔을 대신해드릴 수 없음에 정말 죄송합니다

사랑합니다

뒤돌아 본 세월 속의 친구
반가웠다 고마웠다

"이봐 친구!"
누군가 날 부르는 소리에 뒤돌아보았다
바람에 실려 온 환한 얼굴이 잠시 세상에 멈추었다

"어! 이게 누구야?"
지난 추억들을 한순간에 스쳐 지나가게 하는
낯선 듯 익숙한 얼굴… 학창시절 친구였다

할 말은 왜 그리 많은지
주고받는 이야기 주위로 짙은 어둠이 내려왔다

다음 만남에서 해야 할 말들을 아껴두고
아쉬운 이별을 하게 된 내 어릴 적 동무

나에게 중년이라 이름표를 붙인 너를
너에게 중년이라 이름표를 남긴 나를
나는 세월이라 불렀다

눈과 머리가, 팔과 다리 목소리가
그리고 들숨 날숨 내 생명을 쥐고 있는 심장이

마음과 다르게 내 것이 아닌 양 움직이고 있었지만

반가웠다 뒤돌아봐 좋았다
되돌릴 수 없는 세월 뒤안길에 간직된 모습들
바라만 보았을 뿐인데 모두 그대로였다

그래 반가웠다 고마웠다
다시 뒤돌아보게 해준 반가운 친구

봄을 만나러갑니다

가녀린 바람이 내게로 불어옵니다
나는 그녀를 만나기 위해 나섭니다
꽃이 봄바람에 먼저 취해 있습디다
미련한 나는 이제서 길을 나섭니다

봄을 만나러 가고 있습니다

오래된 나무도 생기 있는 모습으로 태어나고
닳고 닳은 이끼 낀 돌계단도 깨끗해졌더군요

봄바람은 마법 소녀인가 봅니다

오래된 나목에 생명을 주고
낡아빠져 볼품없는 것들도 말끔하게 새롭게
단장 시켜 놓으니 말입니다

봄을 만나러 가고 있습니다
아름다운 마녀의 화려한 재주를 넘보기 위해
"봄" 그녀를 만나러 가고 있습니다

지독하게 당신이 그립습니다

내 심장이 그 곳에 있습니다
내 눈물이 그 곳에 있습니다

벌써 스무 번 해가 바뀌었습니다

그리운 이여 당신께 갑니다
서둘러 당신 만나러 갑니다

세월이 지나고
변하지 않은 것이 아무 것도 없지만
세월이 지나도
변하지 않는 것 하나 내 가슴입니다

당신은 떠났지만
당신을 두 번 다시 볼 순 없지만
당신이 가슴에 가득한데 어찌 할까요

그립습니다 당신
매번 그립습니다 당신
지금도 그립습니다 당신

지독하게
당신 그립습니다

거만의 죄

꽃을 바라보매 자기 욕심을 투영하지 말라
나무를 바라보매 자기 욕심을 투영하지 말라
자기 욕심껏 바라보다 가는
잘라버리고 꺾어버리는 거만의 죄를 짓게 된다

신의 계산법

어둠이란
상처 난 가슴을 가려주는 시간

밝음이 찾아오면 사람들은
멍든 가슴을 앉고 세상으로 하나 둘씩
쏟아져 나온다

지난밤엔
그 상처들이 어찌나 심했던지
대낮에도 진동하는 술 냄새가 역하다

상처에 상처를 더해
행복을 맛보게 하는 건 신들의 계산법이었다

신이시여
당신의 그 계산이 너무도 위대합니다

앞으로도
아름답고 위대한 그 계산법이 지금처럼
멈추지 않길 기도합니다

상처 난 가슴이
상처 난 다른 가슴을 통해 치유됨을
알게 해주신 신이시여 감사합니다

가짜 잘난 사람

요즘 젊은 친구들보면 말이야
조금만 잘나가는 사람이 있으면 딱 붙어서
아부하고 가져다 받치고
그리고는 자기도 잘나가는 줄 착각한다
그렇지만
결과적으로 자신의 세월만 좀먹는다는 거
꼭 좀 알아두길 바란다
그리고 소위 잘나간다는 너희들 말이야
좀 잘나간다고 뻐겨봐야 얼마나 갈 것 같니
네가 잘나봤자 얼마나 잘났을까 궁금해
네 자신이 아니라 돈이 잘난 건 아닌가
그 돈은 근데 한곳에 머물지 않으니 어쩜 좋지
잘 나갈 때 너희들 흔히 쓰는 방법
적당히 돈질하고 적당히 멋진 척하고
적당히 인간미 보이고 뭐 그런 것들이지
그게 계속 통할 거 같니
그것도 네 주위에 빨대 꼽고 서있는 아부 족들이
자리를 잡을 때 까지만 하는 짓거리라는 걸
알긴 하나?

·

·

아쉽지만 진실이다

내 그리운 나라

그리운 나라
철길 타고 오는 소리가 가슴에 들어와
그저 너의 소식인가 그리워 길을 떠난다
내 그리운 나라로

희망의 나라
가을 소나기에 전해지는 소식이 너인가 하여
그저 두 손에 짊 내려놓고 길을 떠난다
내 희망의 나라로

그립고 그리운 희망의 나라는 그렇게
어둠의 골짜기를 향해 노를 저어 들어간다
비로소 무욕의 땅에 도달했을 때
만날 수 있는 나라

그리운 희망의 나라

그리워할 시간마저 모자라서

잘 지내시나요

가을이 왔습니다
당신을 한없이 그리워할 시간이 내 앞에 찾아왔네요

먼 산 바라보다
당신이라는 지독한 그리움의 향기에
그만 울고 말았답니다

살아가는 동안
당신의 온기, 당신의 숨결, 당신과의 추억
모두 잊어낼 곳은 어디인가요

.

.

잘 지내세요
이 가을 당신으로 채우는 하루를 보냅니다
그리고
당신을 그리워할 시간마저 모자라

빨리 이 자리를 떠나렵니다

안녕

고민의 강, 선택, 행복

행복의 바다로 항해 하려거든
반드시 고민의 강을 따라 흘러라

희망의 바람이 불어온다 해도
고민의 강을 따라 흐르지 않고서는

그저 생각 속에 머무는
가능성에서 멈추고 말 것이다

고로 행복한 바다로 향하는 길의 선택이란
바로 고민의 강줄기에 흐르고 있는 것이다

꽃은 피더라

꽃은 피더라

마음이 죽어가서 들길로 나서니
꽃이 피어 있더라

어두운 밤이 되어 집으로 가는 길에도
꽃이 밝게 피어 있더라

줄지어선 꿈들이 하나둘 사라져갈 때도
꽃은 피더라는

나 어릴 적 보았던
뒷동산의 별들이 새벽을 만날 때도
꽃은 피더라

예쁘게 꽃은 피더라

푸른 하늘에 펼쳐진
별빛 바닷물을 흡수하고
야생에서 뿜어져 나오는

대지의 기운을 호흡하며

그렇게 꽃은 피더라

내게 찾아온 어둠 속에서도 볼 수 있게
내게 찾아올 아침 속에서도 볼 수 있게

또

그렇게

꽃은 피더라

사랑이 있어서 다행이다

사랑이 있어서 다행이다
사랑할 수 있어서 정말 다행이다

추억의 사진첩에서
야금야금 흔적을 따라 밟아 가면
사랑이라는 마을이 나온다

그 마을에서 파는 물약을 먹어보라
아름다운 소식이 들려올 것이다

이별 후에도 사랑은 아름답다
사랑했기에 단지 사랑했기에

아름답다

사랑이 있어서 다행이다
사랑할 수 있어서 정말 다행이다

친구를 원합니다

친구를 원합니다
친구는 말이 아닌 행동이 먼저이고
입은 그 뒤에 움직이는 그런 사람이라 생각 됩니다
아예 말도 없고 행동도 없는 무관심한 사람은
더 이상 친구가 아니라 봅니다

친구는요
늘 함께 생각할 수는 없어도
같은 자리에서 정겹게 식사할 수는 있는 사람입니다
함께 한 집에서 살아갈 수는 없어도
고민을 함께할 수는 있는 사람입니다
몸이 먼 곳에 있다 하더라도
마음에 항상 머물고 있는 사람입니다
항상 가까이 있는 것처럼 느껴지는 사람입니다
몸이 바쁘다 하더라도
내 마음에 있는 소중한 사람이 나를 부른다면
결코 바쁨이 나 자신을 지배하도록 두지 않는
그런 사람입니다

친구를 원합니다

따뜻한 마음이 있는, 진심으로 정을 나누어 줄
그런 친구를

사랑 시작과 함께한 이별

널 잊었다고
아니 잊을 수 있을 거라고
믿을 수 없는 내 이별얘기

때로는 잊은 듯이 너에게로 가서
아픈 가슴 되고 말았네

너를 사랑 했어 아니 아직도 사랑해서
끝나지 않는 내 사랑얘기

혹시 너에게도 내 모습 남아
나로 그렇게 아픈 가슴 되어 살아갈까

비 오듯
이 밤 창밖에 찾아온 벚꽃은 흩날리고

먼 곳 별빛들이
너의 모습되어 내게로만 비춰주네

다시 돌아올 수 없는 사람아

커져가는 그리움 속의 사람아
그대 끝이 없는 아픈 사랑이 되었네

시작과 함께한 이별이었기에
차라리 없었던 사랑이었기를 원했다

사랑이라는 그 이름으로는
인연이라는 그 이름으로는
차라리 없었던 이름이었더라면

잘 가라 친구여

잘 가라 친구여
인생이란 참으로 간단하구나
봄 가고, 여름 가고, 가을 가고
이제 겨울이 온 것뿐인데

잘 가라 친구여
봄이 옴을 믿지 못하였구나
사방에 흰 눈 내리고 있으나 봄꽃에
멈춘다는 것을 믿어야 했는데

잘 가라 친구여
자네의 행진은 여기가 끝이구나
걷던 길에서 아내도 아이도 잃었지만
마음의 등불은 잃은 것이 아니었는데

참으로 간단하구나
그리 떠나니 진정 참으로 간단하구나
부디 영면하시게 부디 평안하시게
이젠 힘겨운 발걸음은 멈추고
편히 잠들게나

판잣집, 고동색나무, 전봇대, 쓸쓸한 밤, 빛나는 별들, 외로운 바람, 하얀 눈, 추위, 나무, 가난 1983년 어느 날

밤이면 장사를 하러 가신 엄마를
그리움과 쓸쓸함의 친구가 되어
고동색 전봇대 밑에서 기다렸다

아무도 없는 밤
별빛만이 나와 눈빛을 마주쳐 주었다
어디서 왔다가 어디로 가는지
외로운 바람은 그렇게 말없이 가버렸다
매일 엄마를 기다리는 소년은
남들처럼 공부를 할 수도 없었다
무섭고 쓸쓸한 산 아래 판잣집에 살았다
들어가기 싫었다
차라리 고동색 전봇대 밑이 더 좋았다
엄마를 볼 수 있는 거리가 더 가깝게 느껴지는
고동색 전봇대 밑이 더 좋았다

기다리던 엄마의 모습이 보인다
아버지는 리어카를 끌고 엄마는 밀고
고단했던 하루를 뒤로한 채

손자 같은 막내아들을 보시고는
이내 기뻐하신다
추위에 떨었던 엄마의 볼은 차가웠다
그래도 좋았다
엄마의 차가운 볼과 푸근한 품이 좋았다

장작으로 불을 땐 방에 이불을 깔았다
두터운 솜이불 속으로 들어가서는
엄마를 꼬옥 안는다
엄마의 발은 비닐로 감겨 있었다
동상에 걸린 발 때문에
엄마에게 밤마다 홀로 기다리는 것이 무섭다며
장사하지 말라고 떼를 쓰고는 했었다

지금 내 아이를 보며
'엄마의 어린 시절도 저렇게 예뻤겠지'
눈시울만 붉어진다
아니 가슴이 찢어진다

소녀였던 엄마는 어른이 되어 자식을 낳고

기약 없는 고통의 삶속에서 지금껏 살아오셨다
남은 건 흰머리와 휜 허리, 노년의 병마… 뿐이었다
허무하고 헛되다

·

·

다시 한 번 불러 보는 포근한 이름
엄마
더 오래 사셔야 해요
꼭 성공하는 내 모습 보고 돌아가셔야 해요

우리 함께 하기로 해요

우리 함께하기로 해요
바람 되어 떠나가는 날에도
나의 뒷모습에도 너의 뒷모습에도
우리 함께하기로 해요

꽃비가 내려앉은 봄
하얗게 쌓인 그 길 우리 함께 걸어요
깊은 사랑으로만 깊은 눈빛으로만
우리 함께하기로 해요

보고플 땐 볼 수 있는 사랑이 되어
언제나 이곳에서 널 지켜 줄 거야
사랑하는 동안에 우리 살아가는 동안에
우리 함께하기로 해요

나대로 걷는 세상

진실이어도 믿어주지 않는 세상
전해지는 말에 살을 보태어 말도 안 되는 말을 만들어내는 세상

내 진심을 믿거나 말거나 난 나대로…

하루살이

어쩌면 이 순간
긴 하루의 중간을 살아가고 있는
나일지도 모른다는 생각이 든다

하루살이에게 잠이란
단 한 번밖에 오지 않는 휴식일지도 모른다

잠 깨고 나면 비개인 밝은 날이 오려나
단 한 번 주어진 하루를 살고
단 한 번 잠이 드는 생명인데

·

·

흐릿하게 보이는 창 너머의 기억에는
날 학교로 바래다주시던 어머니의 모습이
살아있다

세월 참 빠르다 하루가 지나는 것처럼
그 어머니가 이제 백발의 노인이 되셨으니

나 또한 중년 아버지가 되었으니

지쳐만 가는 긴 하루의 끝 무렵에
긴 휴식의 잠을 단 한 번 만나게 되는 하루살이

어쩌면
어쩌면 나는 긴 하루의 중간을 살아가고 있는
하루살이가 아닌가 하는 생각이 든다

긴 휴식 같은 잠을 기다리고 있는…

행복하다는 것

차 한 잔을 물끄러미 바라보며
살아가는 모든 일에 감사한 마음이
가슴에 평온하게 스며들 때

나는 '행복하다' 라고 말한다

눈물딱지 (그대를 떠나보내며)

바닷가에는
세월의 흐름과 상관없이
앳되고 진한 그리움이 존재한다
거짓말처럼 아름답게 눈물겹게
살아있다

이별을 고하러 바다를 찾았다

떠나보낸다는 것은
바다를 건넌데도 만날 수 없다는 의미이기에
한 번 더 가신님이 그립다
마음을 씻으러 바다를 찾았지만
그 바람에 더 큰 눈물딱지만 얻어왔다

내게 오늘이란
바다와 만난 슬픈 마음이
감당할 수 없을 만큼 아픈 그런 날이 되었다
그리고 사랑으로 가득 찬 우주를 통째로 빌려왔다
끝없이 이어지는 별의 이야기들을
사랑이라는 함수로 풀었다

끝내 그대를 보낸 이별의 슬픔이 아닌
진정 사랑했기에 보낸 그대였음을
알게 되었다

사랑에 가슴이 멎는다

바람에 사랑이 실려 왔다
그리웠던 이야기들을 물으려 했지만
떠나갔다
보낸다 하지 않았는데 그새 떠났더라
가두지 못해서 아쉬웠지만
바람도 사랑을 머금고 떠난지라
눈물 흘릴 거다

사랑이 바람에 묻는다
그곳에 머물렀을 때의 마음과
그곳에 남기고 올 때의 마음이 어땠느냐고
바람이 사랑에 답한다
사랑하였노라고
아직도 사랑하노라고

흐린 하늘이다
천둥이치고 비가 쏟아져도
바람이 사랑을 안고 지나간다
사랑에 가슴이 멎는다

슬플 때, 기쁠 때

슬플 땐 울어버려
슬픔이가 슬퍼서 떠나가도록
그리고 다신 얼씬 거리지 못하게
더 구슬프게 울어버려

오늘처럼 푸르른 날 꽃바람 불어와
콧바람이 되는 봄날은 내게 손짓한다

앉는 곳 어디든지 멋진 카페이고
마시는 모든 잔이 진한 그리움 한 모금이더라

걷는 곳 어디든지 천화지국이고
보이는 모든 곳에 천하의 왕이 된 느낌이더라

기쁠 땐 웃어버려
기쁨이가 기뻐서 늘 함께하게
그리고 다신 곁을 떠나지 않게
더 호탕하게 웃어버려

사랑할수록

한참 동안을 찾아가지 않은
저 언덕 너머 거리엔
오래전 그 모습 그대로 넌
서있을 것 같아.
내 기억보단 오래돼버린 얘기지
널 보던 나의 그 모습
이제는 내가 널 피하려고 하나
언젠가의 너처럼
이제 너에게 난 아픔이란 걸
너를 사랑하면 할수록
멀리 떠나가도록
스치듯 시간의 흐름 속에
이제 지나간 기억이라고
떠나며 말하던 너에게
시간이 흘러 지날수록
너를 사랑하면 할수록
너에게 난 아픔이었다는 걸
너를 사랑하면 할수록

〈불후의 명곡〉 부활 김재희

김시은

외로움이란
나는 빚쟁이입니다
사용설명서 X
반가워요, 봄
미소 짓기
물고기는 배를 띄워
바다로 가야만 잡을 수 있다
rain
그 사람이 너라서
2월 모일의 길
꽃샘바람
겨울애상
가나다 독백
행복한 나와의 만남
찬 겨울이 내리고 있습니다
그대… 다시 사랑할 수 있다
연서
당신을 사랑하는 까닭에
불면예감
그래서 네가 좋다
L.O.V.E
하루에 담은 의미
겨울 하루가 지나가고
마침표로 정리하는 하루
넋두리
되기를
너를 기억하는 밤
⋮

외로움이란

외로움이란
깊은 감성의 골목을 쓸쓸하게
서성거려야만 하는 허기진 마음이다
외로움의 근본적 원인은
사랑이라는 감성의 그늘에서 시작된
시원스레 터뜨리지 못한 오발탄 같은
마음이 아닐까 한다
영원하게 지켜나갈 수 있는 사랑이란
절대적으로 없을 거라 나는 단정 짓는다
다양하게 변하는 사랑의 샛길 같은 감성들은
왜곡된 모습으로 다가서기 마련이기에

외로움이란
사랑이라는 감정을 충분히 누려본 사람
또는 한 번도 누려보지 못한 사람의 마음이
심하게 앓게 되는 고약한 질병 같은 것이다
사라졌다 발병했다 일정하게 반복되는
모든 사람이 평등하게 앓고 있는
불치의 감성

·

·

그러하니

그대만 외로운 것이 아니다. 누구나 외롭다

나는 빚쟁이입니다

나는 빚쟁이입니다
특히나 내게 세상의 빛을 안겨준 어머니께
나는 많은 빚을 졌습니다
어머니는 내가 태어난 후
잠을 잃어야했고, 일상을 잃어야 했습니다
가끔 어머니의 마음을 불편하게 만들었던 나는
어머니의 마음을 잃게도 만들었습니다
전 어머니의
많은 시간과 금품을 훔쳐낸 큰 도둑이었고
고운 마음을 흔들어 놓았던 거센 바람 같은
존재였던 것 같습니다
어머니는 내게
요리사가 되어주셨고 청소부가 되어주셨고
간호사가 되어 주셨고 항상 나를 지켜주는
천사가 되어 주시기도 하셨습니다
그런 어머니가
많이 아프답니다. 온몸이 아프답니다
머리카락은 흰 눈처럼 희어지셨습니다
얼굴 주름은 주글주글 늘어져 가고 있고
튀어나온 손가락뼈를 가진 손은

볼품없이 거칠어져 가고 있기도 합니다
걸음걸이는 예전처럼 빠르지도 않습니다
죽을 날이 빨리 왔으면 좋겠다고
가끔 혼잣말을 하실 때면
마음이 움찔움찔 아프기도 합니다

이른 아침 전화를 하셨습니다
내 집에 오시겠다고
그리고는 하루 일과를 마치고 난 시간
어스름 저녁이 되어서야 찾아오셨습니다
다리 아프다, 팔심도 없다 하시면서도
어머니는 양손에 밑반찬과 양념들을 잔뜩
묵직하게 들고 오셨습니다
일하느라 반찬도 제대로 해먹지 못하는 내가
안쓰러워 바리바리 챙겨 오신 모양입니다
전 또 빚을 지고 있습니다
아무것도 해드리지 못하고 있는 난 이렇게 늘
받기만 합니다
어머니에게 더 큰 빚쟁이가 되어가고는 있지만
갚아야 할 방법이 떠오르질 않습니다

먼 길 가시기 전에 갚아드려야 할 텐데 말입니다
한 짐 내려놓으시고는
걱정스러운 한마디까지 남기시고
돌아서시는 어머니 뒷모습
왜 이리 울컥한 건가요

“아무 걱정 마라 다 잘될 거니까
잘 챙겨 먹어… 그래야 산다.”

나는 어머니에게
갚지도 못할 큰 빚을 또 지고 있습니다

하얀 목련이
봄날 기쁨의 전령이 되어 피어나고 있습니다만
내 마음에 눌러앉아 떠나가질 않는 울컥한 이 느낌은 뭔지요

사용설명서 X

직면하는 모든 삶의 방식에
올바른 사용법과 부작용 사례가
이해하기 쉽게 표기되어 있는 설명서가 있다면
좋겠습니다

예외적으로 일어나는
각종 삶의 반응에 대한 대처법도
알아보기 쉽게 표기되어 있는 설명서가 있다면
좋겠습니다

그렇지만 삶이란
상품으로 출고된 물건이 아니기에
사용설명서 따위나 부작용에 관한 주의를 요하는
설명서 따위는 가지고 있지 않습니다

올바른 삶의 사용법도
가끔 오류처럼 다가오는 불편한 삶에 대한 대처법도
스스로 터득해 가야 할 몫이기에
인간의 삶은 언제나 복잡하기만 합니다

궁극적인 삶의 목표? 그래요 행복입니다
행복은 스스로 만든다는 말이 맞습니다
그런데 만들어가는 과정이 참 별스럽습니다

그러나 우리는 부작용처럼 다가오는
의외의 상황들을 마주하며 행복의 소중한 의미를
찾아내기도 합니다

결국엔 지금 직면하고 있는 모든 상황들이
유쾌하든 불쾌하든 행복의 조그만 조각들인
셈입니다

부작용처럼 곁에 머무는 시련마저도
행복의 조건 속에 파묻혀 있는 작은 조각일 거라는
얘기가 됩니다

잘 맞추어
완성된 행복이 될 수 있도록 노력하고 있는 지금
우리가 실천하고 있는 모든 것들이 행복한 삶의
모습일지도 모릅니다

반가워요 봄

그대
찬바람이 멈출 때쯤이면 돌아오신다고

흐르는 물소리가
들려오기 시작할 때쯤이면 돌아오신다고

어디선가 산새 지저귀는 소리가
맑게 들려올 때쯤이면 돌아오신다고

손가락 걸어 약속을 남겨두고 가셨습니다

어느 날부터 바람이 따시게 불어오기에
그대 오시려나, 창문을 열고 기웃거렸습니다

얼음장이 되어있던 물이 똑똑 떨어지기에
그대 오시려나, 문을 열고 서성거렸습니다

산새가
휘파람 소리를 내고 날갯짓이 빨라지기에
그대 오시려나, 하늘을 두리번거렸습니다

그 약속 잊으셨을까 염려되어
찬 계절이 길고 야속하게 느껴지기도 했습니다

그 약속
의미 없는 손가락 걸이에 불과했을까 염려되어
그리움의 긴 그림자를 품기도 했었더랍니다

불안의 그늘을 시원스레 걷어가 주신 그대
잊지 않고 돌아와 주신 그대, 반가워요 봄

그댈 사랑할 시간이 내게 다시 주어졌습니다
아름답게 사랑하고 귀하게 사랑하려 합니다

너무 빨리 가버리지만 말아줘요 지난날처럼

너무 차가워도 너무 뜨거워도 너무 쓸쓸해도
불편하고 힘겹게 견뎌 내야만 하는 나랍니다

미소 짓기

하루를 시작하는 시점
가지런한 치아를 드러내며 짓는 미소는
기운을 북돋워 주고
마음을 편안하게 해주는 역할을 한다
때로는 가득한 고민거리들이
온화한 인상과 밝은 얼굴을 거두어가지만
그럴 때마다 억지로 위장된 웃음이라도 지어보라
고민거리를 낳았던 문제는 한결 가볍게 느껴진다
고민거리가 되던 문제들은
어쨌거나 풀어나가야 하는 문제들이다
문제를 풀어나감에
일그러진 마음으로 대하는 것보다는
너그러운 미소로 대하는 일이 조금이라도 더
자신에게 도움이 될 수 있음을 잊지 말자

당신이 지쳐있을 때
미소 짓는 얼굴을 만나게 되면 더불어
당신도 편안해지고 있음을 느낄 때가 있었을 것이다
당신이 짓고 있는 미소, 역시나
누군가에게는 큰 힘이 되는 선물 같은 모습임을

잊지 말라

미소 짓는 일
피로한 삶의 혈관에 맞는 영양주사와 같다

물고기는 배를 띄워 바다로 가야만 잡을 수 있다

배를 띄우지도 않고
물고기를 이미 수확했다고 착각하는 일처럼
어리석은 일은 없다

낫을 가졌다면 논으로 밭으로 나가
낫질을 해야만 곡물을 거두어들일 수 있고
붓을 가졌다면 펼쳐진 도화지 위에
붓질을 해야만 아름다운 작품을 완성할 수 있다
숟가락과 젓가락이 있다 한들
뜨거나 집거나 하지 않으면
소용없는 고물에 불과할 뿐이지 않겠는가
배를 가지고도 띄우지 않으면 아무런 쓸모없는
바다위에 전시된 진열품에 불과해진다
한 가지 이상의 값진 도구는 누구나 가지고 있다
그것이 비록 숨겨진 재능일지라도…
사용하는 방법을 알고는 있지만
써먹지 못하고 있는, 방치하고 있는 도구들
찾아보면 준비된 도구들이 반드시 있다
방치되어 있던 도구를 찾았다면
낡고 녹슬어 쓸모없는 가치로 만들지 마라

아직도 사용법을 모르고 있다면
숙련함에 게을리 하지 말라
아무리 훌륭한 도구를 지녔더라도
사용하고 실천하는 일을 게을리 한다면
만족스런 결과는 이룰 수 없다

물고기는
배를 띄워 바다로 가야만 잡을 수 있는 법이다

RAIN

네가 슬그머니
먹먹한 그림자처럼 다가서는 날이면
왠지 누군가를 한없이 그리워하며
애절한 사랑 이야기를 전해야 할 것만
같았는데

네가 차분하게
하늘의 빛을 서서히 가리는 날이면
안개처럼 피어나는 수증기를 바라보며
조용한 음악이 흐르는 공간
투명한 창가에 시선을 기대고
상념의 길을 헤맬 것만
같았는데

오늘은 노곤한 잠에 취해
마냥 꿈속에 피어난 화사한 꽃길 위를 걷고
쌓여있는 피로를 녹여줄 바람을 어루만지며
은은하게 전해져오는 향기에 취하고만
싶다

·

·

때론 그런 날이 있다

그 사람이 너라서

모습보다 느낌이 더 아름다운 사람
들꽃 같은 천연의 향기가 나는 사람
가슴 깊은 곳 진심을 풀어 놓을 줄 아는 사람
흙 밭을 거닐며 사색하는 자연을 사랑하는 사람
맑은 하늘, 보드란 바람, 개울물 흐르는 소리
순수를 버무려 놓은 듯 착한 사람
그 사람이 너라서 사랑하지 않을 수 없었다

그 사람이 너라서

2월 모일의 길

같은 길을 반복하여 걷고 있는 매일
그럼에도 한 번도 같았던 적이 없었던 길
길 위에 선 순간마다 머릿속을 채우던 생각은
온갖 의미를 담은 잡념의 꽃으로 만발했으니
내 걷던 길은 한 번도 같았던 적이 없다
되짚어 밟아가는 그 길 위 오늘은
제법 찬바람이 불고
또 제법 온화한 바람이 불어온다
냉랭한 시간의 끝자락을 잡고 불어오던 바람과
의문의 시간을 따듯하게 몰고 올 바람이 공생하는
헛갈리는 바람이 분다
다가오는 바람결에 마음을 더 주려한다
꽃 피우고 얼어붙은 물길을 녹아내리게 하는 바람을
더 아낌없이 품어 보려한다
홀로 걷는 심심한 길이어도
밝아져 오는 길과 따듯해져 가는 마음

봄이 뻗은 손끝 거리에서
찬찬히 다가오고 있음을 느끼며 걷는
2월 모일의 길

꽃샘바람

가려다 말고 되돌아오는
찬기 서린 얄궂은 바람을 향해
반갑지 않다 다시 오지 마라
독하게 노려보며
냉정하게 돌아서려 했다만
그 바람
다시 돌아와 뼈마디를 후빈다
어쩌면 그리 이별한 가슴과 똑 닮았는지
살점이 떨어지도록
참아내기 힘든 통증만 주고 가려 한다

그 바람

참

얄궂다

욱신

겨울애상

가을 지나 만난 계절
나풀거리는 눈꽃은 가로등 불빛 아래
황홀하다

차가운 가슴엔 긴 그림자가 다가서고
꽃잎이 눈처럼 흩날리던 나무 아래 남겨두었던
순수의 기억이 조용하게 스며들어와
가슴 언저리를 겉돌며 떠나가질 않는데

바라볼 수 없는 곳으로 영영 가버린 님아
그대 고운 흔적이나 남기지 말고 가시지
깊이 남겨진 그 모습 잊을 수 없어
가슴 시리도록 그립다

자꾸만 되돌아보게 되는 길 앙상한 가지마다
차가운 결정체가 하얗게 엉겨 붙었다
카틀레야 설화와 닮아있는 그대 지난 이야기
붙잡지 못하는 세월에 그만 빼앗겨 보냈다

서슬 빛 파랑이 감도는 얼어붙은 새벽녘

가슴을 얼리며 찾아온 영혼을 흠모하는 마음
투명하게 얼어붙은 꽃으로 피어나
훈풍의 절기를 맞은 따사로운 햇살에도
쉽사리 녹아내릴 낌새가 없으니…

따스한 바람이 스며들 가슴이 없다

가나다 독백

가. 끔 말입니다
나. 는 그녀가 너무 미워지기도 합니다
다. 가서면 멀어지고 돌아서면 다가오는 그녀
라. 떼 한 잔을 놓은 카페 테이블에
　　오늘도 나는 홀로 앉아 향기를 마주합니다
마. 음은 늘 내 곁에 있다 말하는 그녀를
　　계속 바라보아야 하는 걸까요
사. 랑 한다는 거
　　항상 함께여야 하는 건 아니지만
아. 기자기 나누는 기쁜 사랑을 하고픈데
자. 신 없는 부족한 사랑인가 봐요 내 사랑은
차. 갑게 식은 라떼에서는
　　더 이상 달콤한 향기가 나질 않습니다
카. 라 꽃 한 송이가 꽂혀있는 투명한 화병도
　　오늘은 아름답게 보이질 않는 군요
타. 인처럼 먼 곳에서 바라보기만 하는 내 사랑
파. 랗게 펼쳐진 밝은 하늘이 보이지 않는 오늘
하. 루 하루 지쳐가는 마음은 자꾸만
　　애닲아져 갑니다

여전히 내 가슴에 숨 쉬고 있는 그녀가
오늘따라 무척이나 미워집니다

행복한 나와의 만남

인생의 목표가 부유한 삶이라면
부를 누리고 있는 사람을 만나야 하는 것이 아니라
부를 만들어 내는 독창적인 아이디어를 가진 사람을
만나야 합니다

인생의 목표가 사랑이라면
사랑받기 원하는 사람을 만나야 하는 것이 아니라
사랑을 함께 나눌 수 있는 사람을
만나야 합니다

인생의 목표가 성공이라면
이미 성공한 사람을 만나야 하는 것이 아니라
성공으로 이끌어 줄 사람을 만나야 하는 것이
맞습니다

그러나 행복한 삶이
인생의 가장 소중한 목표라고 생각된다면
부와 사랑 성공
모두를 다 가졌다고 생각되는 사람을 만났을 때에
다가오는 행복이 아님을 알아야 합니다

행복은 가장 소중하다고 생각되는
인생의 목표 하나를 이루어 가는 과정에서
만족감을 느끼는 자신을 만났을 때에 다가오는
기쁨이고 즐거운 마음이기에 그렇습니다

무언가를 이루려고 노력하고 있는 사람이
땀 흘린 후 먹는 밥 한 끼에 행복을 느끼기도 하는
이유는

행복이란
최선의 현재를 살아가는 과정에서 다가오는
고마움을 담은 마음이기 때문입니다

찬 겨울이 내리고 있습니다

찬 겨울이 내리고 있습니다

차가운 바람 먼저 보내시어
시리고 빈 공허의 마음에 슬픔 먼저 주시더니

지나치게 아름다워 눈이 부신
희고 차가운 꽃으로 내려주시는 당신은 누구 십니까

엊그제는 황량한 거리를 구르는
부스러진 이파리의 서러운 노래를 듣게 하시더니
맑은 아름다움으로 오늘은 다가오셔서는…

찬바람 휭 하게 불어오는 가슴팍에
차분하게 내려주시는 이유를 물어도 될 런지요.

시린 겨울 포근한 사랑으로 내리시는 겝니까
시린 겨울 그리운 가슴을 헤집어 놓는 심술로
내리시는 겝니까…

그대 다시 사랑할 수 있다

사랑에 대한 상처가 깊은 마음일수록
그 마음엔 깊은 불신을 담은 차가운 옹기를 묻는다
그리고는 싫다하면서도 외로움에 스스로를 가둔다

뜨거운 사랑의 불길에 데어
아물지 못하는 흉터를 간직한 마음일수록
사랑은 아프고 슬프고 헛된 몹쓸 감정의 병이라고
가슴을 세뇌시킨다

사랑에 대한 부정적 관념의 틀을 만든 마음은
이따금 다가서는 사랑을 가차 없이 차단하지만
사랑이 몹쓸 감성의 병이 되는 것만은 아니다

사랑은 상처를 아물게 하는 치료제를
처방하기도 한다는 사실을 잊어서는 안 된다
사랑은 욱신거리는 가슴 통증을 진정시켜 주는
따듯한 성분을 담은 진통제이기도 하다

사랑에 끔찍하게 데었던 불편한 기억이
그대를 괴롭고 아프게 하고 있다면

상처 입을 만큼 뜨겁게 사랑하지 않으면 된다
적절하게 온도를 조절해 가며
따듯하게 사랑하는 방법을 익혀 가면 되는 것이다

외로움이 깊게 스며든 공허함에 흔들리기 싫거든
식어버린 가슴 속 견고하게 묻어놓은 고독의 옹기에
가득 담아 놓았던 사랑에 대한 불신 먼저 비워내야 한다

그 다음엔 차곡차곡 새로운 의미를 눌러 담는다
다가서는 마음도 담고, 신뢰도 담고, 관심도 담아
따듯한 서로의 온기로 발효시켜 행복을 만들고

알맞게 숙성시킨 그 의미 하나 하나로
그대 마음의 옹기를 평온하게 채워간다면
아프지 않게 외롭지 않게 다시 사랑할 수 있다

연서

언제부터였을 까요
환하게 웃는 당신 미소에 도취되어
당신을 바라보기 시작했던 때가요
시리고 지치고 힘겨운 시간이 내 안에 머물러
사라질 기미가 보이지 않던 그때부터였나 봅니다
삶이 참으로 힘겨웠죠
삶이 참으로 많이 아팠답니다
그러던 어느 날 다가와 준 당신 미소는
가슴에 작은 꽃으로 피어나기 시작하더군요
그 꽃에 나는 물을 주고 사랑을 주었습니다
고운 꽃이 피어나기를 바라고 바라면서요
당신이 활짝 피워낸 꽃과 향기 역시나
아픔위에 힘겹게 피워낸 아름다움이었다는 걸
알게 되더랍니다
그런 당신이 나에게 가르침을 주더군요
희망을 놓지 않는 방법을, 행복하게 살아가는 방법을
기쁘게 웃을 수 있는 방법을
그리고 인생의 이야기를 만들어가는 방법까지요
당신은 분명 내 인생에 아름다운 사람입니다

삶에 혼미한 정신을 빼앗겨
챙겨주지 못한 고마움과 사랑의 보답
너무도 미안한 마음으로 당신께 전합니다

미안합니다
고맙습니다
사랑합니다

그리고 당신을 만난 나는

행복합니다

당신을 사랑하는 까닭에

어김없이 돌아오는
계절을 맞이하는 그대 앞에
산과 들에 가득한 향기처럼 나는 머무릅니다

바뀌어 가는
짧고 좁은 틈새계절의 쓸쓸함에
잠시 생각의 쉼터로 향하는 그대의 여행길
잊혀 질수 없는 마음의 향기로 나는 존재합니다

누구나 한번쯤
힘겹고 어렵고 지치는 삶에
돌아서고 싶을 때가 있는 것이 인생이라 합니다

마음의 휴식이 필요한
인생의 한 때를 만나고 있는 그대라면
편한 맘으로 쉬었다가 빈 마음으로 돌아오시길

모두 비워낸 빈 마음으로
내 곁으로 느긋하게 돌아 오신데도
한 자리에서 그대를 반갑게만 맞이하렵니다

잊혀 질 수도 없는
들에 산에 가득한 계절의 향기처럼
코끝에서 느껴지는 기억의 향기가 되어 기다립니다

언제나 한 자리에서
언제나 한 모습으로 나는 존재합니다
언제나 한 마음으로 당신을 사랑하는 까닭에

불면예감

밤이 늦도록 잠 못 이루는 사연들은
별빛이 되어 늘어선 채로 긴 시간을 밝힌다

동트는 새벽녘이면
사라지는 별빛처럼 희미해져 가는 이야기는

엊그제 묻어 보낸 시신 한구의 전생 얘기처럼
허무의 무덤 속으로 사라져간다

밤바다가 파도를 몰고 오는 요란한 시각
갇혀있던 무덤 속 새카만 상념들이 환생하고

긴 꼬리를 문 흔들리는 사연으로 되돌아와
밤바다를 밝히는 별빛이 되어 다시 늘어서고야
만다

그래서 네가 좋다

넌

담백하게 퍼져오는 진한 커피 향기를 닮았고

정겨운 고향 흙집 따끈한 온돌방을 닮았으며

겨울 지나 피어난 이른 봄 개나리를 닮았다

넌 나에게

담백한 대화를 나누며 함께 웃어주는 친구이고

마음이 시릴 때 따끈하게 전해져오는 온기이며

고통 지난 후 다가온 밝은 희망 같은 존재라서

그렇다

·

·

그래서 네가 좋다

L.O.V.E

버릇처럼 걷고, 먹고, 말하고, 움직이고
반복적으로 하는 버릇 같은 일들은 많다

그러나

버릇처럼 할 수 없는 단 한 가지가 있다
멎었다가, 뛰었다가, 숨이 멎는 듯하다가

심장만이 알고 있는
숨 막히는 두근거림

L o v e

하루에 담은 의미

어제와 오늘을 바라보니
아주 조금 우리의 모습은 또 변해 있다
눈치 채지 못할 만큼 아주 조금씩

느낌마저 없는 작은 변화가
가장 무서운 변화인 것 같지 않니
아주 작은 변화의 연속을 통해
우리 모습이 완성되어 가고 있으니 말이야

하루, 너와 나에게
티끌처럼 주어진 짧은 시간인 듯하지만
정말 귀하기도 무섭기도 한 시간이 주어진 거야
누군가에게는 이미 사라져버렸을지도 모를 그런

그런 귀한 시간을
또다시 받게 되는 행운을 너와 내가 잡았으니
가장 갖고 싶어 했던 물건을 손에 넣었을 때처럼
조심조심 소중하게 다루어야 하는 게 맞을 거야

시간의 색감이 스며든 우리들의 자화상은

너와 내가 만든 단 하나의 작품으로 남겨질 테니까

완성이든 미완성이든

·

·

그치?

겨울 하루가 지나가고

부러질 듯 아슬아슬한
가느다란 지팡이 하나에 온몸의 무게를 실어
걷고 있는 걸음걸이

앞서 걷는 노인 한 여자의 뒤를 따른다
그녀를 앞서 걷는 일 따위는 어려운 일이 아니었지만
나는 그녀를 앞서지 않았다

나보다 몇 세대를 추월하여
세상살이 먼저 시작했음이 분명한 그 여인
그녀의 뒤태가 그다지 밝아 보이지는 않는다

가느다란
막대기가 짚어가는 길의 목적지는 어디였을까
사실은 너무도 뻔한 길이 아니었겠는가

어둠을 모셔온 하늘 아래 후미진 모서리 길
거북이 뒤따르듯 느린 발걸음으로 향하는 곳
그녀의 보금자리일 거란 추측을 한다

굽은 등을 바라보며 뒤따르고 있는 나 역시
보행도로 위 사각블록 하나하나에
매우 느린 속도로 발자국을 찍어대고 있었다

백발 여인이 꾸려온 삶
잘난 서방 만나, 이남 삼녀 거느리고
보란 듯 자랑스럽게 키워낸 다복한 이야기를
기억하는 삶이었을지 그렇지 않은 삶이었을지

아주 긴 이야기가
그녀의 가슴을 누르고 있을 것 같은 느낌이다
풀어헤치기 시작하면 끝이 없을 것만 같은

어둠을 짚는 든든한 그녀의 지팡이
오늘은 몸 누일 작은 공간을 찾아가고 있겠지만
무감각한 공간을 향해 홀가분하게 떠나가는
얼마 남지 않은 어느 날에는
말 없는 차디찬 육신의 친구가 되어
영원히 사라지고 말 것이다

내일 주어지는 삶의 방향을 누가 알 수 있으려나
그 날들을 채워갈 이야기를 미리 앞세워 짚어본다
내게 남은 궁금한 이야기들

훗날 내 등 뒤를 조심스레 따라오는
나보다 어린 한 여인의 눈동자에 맺혀질지도 모를
내 등허리에 얹혀있는 삶의 모습은 어떠한 느낌일 런지

…?

찬 겨울, 이른 어둠
쓸쓸해 보이는 한 여자
그 뒤를 따라 밟고 있는 나
사라져 가는 시간과 다가올 시간에 대한 의문

마침표로 정리하는 하루

펜 끝으로 점을 찍기 시작하면
여지없이 재미없는 말이라도 지껄여야 할 듯하다
지저분한 선을 그어대며 글자에 몰입하는 일이
이젠 습관화된 놀이가 되었다

고품격 시를 끄적거리거나
읽으면 빠져들게 만드는 매력의 글을 쓰는
소위, 글 만드는 작업을 능숙하게 하지는 못한다
부족한 글쟁이의 손놀림은 그저 붓 가는 데로

생각 없이 적어내린 몇 줄 문장이
마치 누군가를 향해 토해내는 말처럼 늘어서고
심심하던 일각 시간은 무던하게 흘러가 버린다

펜 끝으로 놀이처럼 살려낸 감성들이
흐릿한 그리움처럼, 설레는 사랑처럼 그려지고
가끔은 나를 다독이는 위로의 술처럼
몽롱한 한잔이 되어 종이 위에 채워지기도 한다

.

.

밝거나 어둡거나
맑거나 탁하거나
좋거나 나쁘거나
모든 시간 위에 존재하던 일상의 개념들을
펜 끝이 찍어내는 종지부, 마침표로 마무리하는
하루다

넋두리

하늘에 털어놓는 넋두리들
귀를 기울이어 엿듣노라니
외롭지 아니한 사람 없고
힘겹지 아니한 사람 없고
사연 없지 않은 사람 없더라

온갖 비밀 이야기를 듣고도
다문 입을 열지 않는 하늘아
내 얘기도 네게 들려줄 터이니
아무개에도 발설하지 말아다오
하도 기가 막힌 별난 인생이라
입마저 다물었던 사연이란다

되기를

만나는 사람마다
친절과 웃음으로 대하는 선물 같은 사람이 되어
주위를 밝히는 등불 같은 사람이 되기를

떠오르는 아침 해와 같은
밝은 마음을 전하는 빛과 같은 사람이 되기를

밤하늘 달빛 같은 포근한 마음으로
어려운 이웃들의 마음을 품는 온기를 가진
따듯한 사람이 되기를

잔잔한 호수의 물결처럼 조용히 어울릴 수 있는
겸허한 마음을 가슴에 담은 평온한 사람이 되기를

소중한 의미를 담은 발걸음이 지쳐갈 때마다
한 걸음 더 나아갈 힘을 발휘할 수 있는
건강한 사람이 되기를

언제 어디서건 나약한 존재가 아님을 믿고
보다 더 나약한 이들에게 힘이 되어 주는

희망 같은 사람이 되기를

어렵고 힘든 이들을 돕는 마음으로 인해
스스로 일깨우는 가치 있는 사람이 되기를

머물고 있는 모든 공간의 향기가
평화와 행복의 향기로 가득하게 채워져 주기를

즐겁고 행복한 마음으로 시작한 일들에
모든 축복이 깃들어 풍요로운 결과를 거두는
그런 아름다운 너와 나의 삶이되기를

너를 기억하는 밤

오래된 사진 속에
멈춰있던 기억을 바라보다가

바람처럼 흘려보낸
흑백 시간 속의 너를 만난다

행복했던 순간들
그 날 그 하늘에 빛나던 별들이 알고 있는
그리고 너와 내가 알고 있는

추억

너를 기억하는 밤

그대를 사랑하지 말걸 그랬습니다

아침을 여는 향기가
쓸쓸한 들녘 풍경처럼 다가올 줄 알았다면
그대와 조금만 함께할 걸 그랬습니다

세상을 향해 걸음을 옮길 때
홀로 선다는 것이 외롭고 지친다는 걸 알았다면
그대에게 조금만 의지할 걸 그랬습니다

그대 없이 홀로 앉아 하는 식사가
깔깔하게 머무는 입안의 음식이 될 줄 알았다면
마주보며 먹을 정성스런 음식은 만들지 말걸 그랬습니다

바쁜 시계 초침을 따돌려 여유롭고 싶을 때
즐겨 듣던 음악이 눈물로 흐른다는 걸 알았다면
그대가 좋아하던 노래는 듣지 말걸 그랬습니다

꽃이 피고, 낙엽이 지고, 눈비가 내려올 때마다
그리움을 핑계 삼아 그대를 떠올릴 줄 알았다면
그대와 이별하지 말걸 그랬습니다

이럴 줄 알았다면
이렇게 매일 매일 그대를 그리워할 줄 알았다면
이별해도 아프지 않을 만큼만 사랑할 걸

·
·

이럴 줄 알았다면
그대를 죽도록 사랑하지 말걸 그랬습니다

첫 눈 오는 날

서서히 익혀왔던 서늘함
제대로 만난 찬바람에 몸은 한 것 움츠러든다

따듯하게 보이는 입김을
길게 뿜어내며 맞이하는 계절의 아침

밤새 책장을 정리하다
힘없는 한 장의 날카로움에 베어 자리한
작은 상처가 찬바람에 더욱 쓰리다

가슴 통증인지 싸한 배앓이 인지
혼란스럽고 미묘한 통증들을 몰고 온 계절바람

봄날 따스한 바람에도 녹아 흐르지 않던
각진 모양으로 얼려두었던 마음이 더 단단히
얼어버릴까 겁이 난다

첫 눈 개비가 흩날린다

오랫동안

맑은 하늘을 바라볼 수 없었던 두 눈에
하얀빛이 담길지도 모르겠다

삶을 대하는 법

살아있는 동안에는
살아가는 일만 생각하랍니다
살아가는 일을 생각하다 보면
무엇을 할까 생각이 들고
무엇을 할까 생각하다 보면
어떻게 할까 생각이 들고
어떻게 할까 생각하다 보면
잘 해야겠다는 생각이 들고
잘 살아낸 후에 이루게 될
행복한 결과를 생각하다 보면
삶에 필요한 힘이 생겨난답니다

비오는 수요일에 만난 그리움

시도 때도 없이
얄팍한 울림으로 저미는 가슴

퍼져오는 향기 속에
조용히 그려지는 하나의 얼굴

소설 같은 이야기를
단출한 한마디에 모두 담아놓은 시를 읽고

함께였던 추억의 시간을
아쉬웠던 삶의 흔적이라 끄적이는 낙서

그리고

되돌려 몇 번이고 듣고 싶은
질리지 않는 노래 같은 네가 떠오르는 오늘

비오는 수요일에 만난 너를
그리움이라 부른다

그리움이 되어 내리고

너를 돌아 불어온 바람에
쓸쓸한 향기가 묻어오고

네가 바라보고 있는 하늘을 가린
울컥한 구름이 흘러와 내 가슴을 가리고

네가 듣고 있을 법한
애절한 노래가 내 마음을 울리고

너를 스쳐온 모든 기억이
비가 되어 내리고

그리움이 되어 내리고

낙엽 구르는 소리가 슬픈 이유

너에게 무거운 짐이 되기 싫은 마음에

바짝 말려 내 무게를 가벼이 줄여봤지만

한파에 네 한 몸 버티기도 힘이 들까봐

바람 따라 나는 떠나간다

툭

너무 쉽게 나를 놓아주는 너

.

.

거꾸로 내리는 비

날아오르지 못하는 무게를 감당치 못해
땅속 깊은 곳으로 스며드는 빗물의 정체

쓸쓸함으로 끔벅거리는
외로운 계절이 떨어뜨리는 눈물이려나

눈에서 흐르지 못하는
서러운 눈물 대신 흘러내리는 가슴이려나

땅속 깊은 곳으로 떨어지는 빗물이
역풍으로 부는 고독을 타고 거꾸로 솟는다

시린 바람보다 더 시린 가슴을 향해
거꾸로, 거꾸로 솟는다

가을연가

가을을 온통 덮어버린 모습 하나

그대 허상이라도 보일까 나선 길

떨어진 낙엽들 밟아 걷는 마음에

바스락 소리가 들려올 때마다

가슴에 온통 되살아나는 당신

나?

좀 더 살아야 할 것 같다

바람 부는 대로 흔들리다

사라져 가긴 정말 싫거든

조금 더 심하게 불어주련

시리고 에이는 찬바람으로

아무리 거칠게 몰아쳐 와도

봄이 오면 사라져갈 너니까

오만무도한 네 심술

내가 다 받아주련다

응답

넉넉한 금전을 원합니다
"지금보다 더 부지런히 뛰라.
두 배의 금전을 원하거든 네 배로 뛰라."

건강한 육체를 원합니다
"몸에 해로운 음식을 섭취하지 말며,
움직이는 일을 게을리 하지 마라."

아이들이 바르게 자라나길 원합니다
"늘 함께하고, 네 스스로 바른 모습을 보이라
아이들은 바른 네 모습을 보고 자라날 것이니"

끔찍한 사고에서 보호받길 원합니다
"눈이 네 개 인 것처럼 주의 깊게 둘러보고
조급하게 서두르는 일을 삼가는 것 또한
네가 할 일이라."

불길한 일은 피해갈 수 있기를 원합니다
"남에게 고통을 주는 일을 행하면
네게도 고통스러운 일이 다가오는 것이 삶의 이치니

스스로 불길한 행동을 자제하라.”

사랑받기를 원합니다
“사랑이 무엇이더냐
마음에서 우러나 주는 것 아니더냐
받기를 바라지 말며
주기에 인색함이 없어야 받을 수도 있느니”

행복하길 원합니다
“네가 나에게 원하는 모든 것들이
네 스스로 행해야만 하는 것들이리라
부지런히 살며 스스로 불길한 행동을 자제하고
기쁜 마음을 나누라
네가 행하는 대로 돌아오는 행복이리라.”

“네가 살아있는 모든 자 중에
가장 축복받은 사람임을 잊지 말며…”

마침 비 내린다

흩날리던 하얀 가루 비의 흔적은
처음부터 없었던 양 자취 없이 사라져갔다

허우적거리던 꿈에서 깨어난 아침
개운치 않은 아침을 맞는 일은
간밤 이루지 못했던 잠 때문일 거란 생각을 한다
어둠을 지새우는 일이 거뜬한 나이는
이젠 지나간 모양이다
맥없는 몸, 물 한 잔으로 빈 배를 채우고
하루를 나서는 너의 길
홀로 걷는 외로운 시작이라 느끼겠지만
잠깐 자리하는 여유가 주는 공허함일 거라고
나는 널 추측할 따름이다

미친 듯 분주하게만 살아온 너
잠시 여유를 갖는 일이
그리 어려운 일일까 하는 생각이 든다만
버릇처럼 살아온 네 분주한 삶이
한가한 시간을 불편케 하나 보다
쉬엄쉬엄 하려무나

천천히 걸어가 보려무나
아무도 쉬어가는 널 향해 뭐라 할 사람 없고
아무도 달려가지 않는 네게 뭐라 할 사람 없다
열심히 살아온 널, 모두 봐왔으니까

하얗게 날리던 고운 가루 비는 사라졌지만
눈을 맑게 하는 연두 빛 나뭇잎들은 아직도
즐비하게 늘어서 있더라

마침 비 내린다

보고 싶다 많이

가을한때

빗물로 정갈하게 씻어 내린 도시

불어오는 바람이 닦아낸 말간 하늘

부서지는 햇살에 다독여진 마음

.

.

스며드는 가을

가을편지

마음속에만 숨 쉬고 있는
환상의 그림자 같은 이미지 하나를 떠올리며
문득 하고 싶은 가을 이야기들이 많아졌다

설레는 마음을 부끄럽게 담아
정성으로 써내려가던 순수의 글들은
박물관 전리품처럼 오래되고 귀해져만 간다

예쁜 손 글씨와 정성 가득한 사연으로 가득 채워
기뻐할 하나의 얼굴을 떠올리며 써내려가던 편지
기다림과 설렘의 행복한 대화 방법이던 편지

가을이 제법 모양새를 갖추어가고 있는 날들
흐린 하늘에 편지를 쓴다는 누군가의 감성을 꺼내어
낯선 단어를 불러낸 듯 조금은 어색한 느낌으로
하얀 종이 위에 순수의 자취를 남겨본다

TO 사랑하는…

FROM?

태평성대를 누리지는 못하더라도
서로의 욕심으로 인색한 세상을 만들지는
말아야 할 것 아니더냐

세상을 이롭게 하라하지 않았더냐
이로움을 나누지는 못하더라도 해로움을 주지는
말아야 할 것 아니더냐

너희로 하여금
열린 하늘을 바라보며 높은 이상을 가진 자의
기백으로 살라하지 않았더냐

고개를 숙이지는 못하더라도 교만의 틀에 갇혀
고개를 세우지는 말아야 할 것이 아니더냐

한 나라의 숙명이 어찌 왕의 목에 달렸겠느냐
내 자손으로 번성한 너희들에게 달렸도다

이 나라는 너희로 하여 더 견고히 세워질 것이며
또 너희로 하여 쉽게 무너질 것이다

별이 되고 싶었다

별이 되고 싶었다
누군가 네 꿈이 무엇이냐 물을 때마다
나는 막연하게 별이 되고 싶다했다

가물거리는 기억속의 나이
밤하늘, 별을 헤아리는 일을 좋아했고
별과 나누는 이야기에 한참이나 빠져있던
시간이 좋았다

파고드는 외로움이
묵직하게 덮치는 어둠이 되어 다가올 때마다
까닭 없이 포근한 빛을 내어주던 별이
내게는 가장 아름다운 존재였다

좋아하는 존재를 닮고자 했던 나는
그저 막연하게 별이 되고 싶다했다

.

.

.

나는 별이 되었다
지금 이 순간 누군가의 마음을 밝히는
별이 되었다

사랑이의 별
기쁨이의 별
내아내의 별

·
·

나는 별이 되었다

가을을 만나다

바람에 흔들리고

햇살에 부서지는 나뭇잎마다

가을이 스며든다

반쯤 열린 문을 두들기며

가슴으로 방문하는 고독의 그림자

아

시월이 지나면 바쁘게 사라지고 말 계절

어서 오니라 어서 오니라

내 너를 만나고 헤어지기를

수십 차례 반복하였으나

다시 보니 또 반갑고 반갑다

·

·

바람이 분다

손꼽아 기다리던 계절의 바람

변해가는 것들

매번 다른 하늘이 펼쳐지고
매번 다른 시간이 지나가고

생각 주머니 깊은 곳에
담아 놓았던 시간 속에는
잡다한 기억들이 뒤섞여
엉거주춤 서있다

매번 조금씩
다르게 느껴지는 맛을 간직한
옅은 향기와
정돈 되어가는 생각을 마주한다

.

.

똑같은 하늘을 보았던 적이
어디 한 번이라도 있었던가

어제와 다른 하늘을 보고

어제와 다른 생각을 하고

·

·

변해가고 있는 모든 것들

낙서 1

잠재된 내 안의 기운에 따라

바뀌어가는 인생이라면

지금 채워야 할 내 안의 기운은

긍정

교만에게 겸손을 배우다

가장 위대한 존재라 불리는 그대
살아있는 생명의 우상이 되기도 하는 그대

그대는 태양의 이름을 가졌구나

그대는 생명을 자라나게 하는
위엄을 가진 장엄한 존재임에는 분명하나

간혹 말라가는 연약한 생명에게는
목숨을 노리는 사자의 존재가 되기도 한다

.
.

촉촉하게 내려주는 빗물과 시원한 바람이
그대의 온도를 적절하게 조절하고 있기에
그대가 섬김을 받고

생명을 잉태하고
온화하게 품어주는 대지의 가슴이 있기에

그대가 돋보인다는 진실을 아는가

.

.

제 아무리 독보적인 존재로 태어났다 해도
그대를 둘러싼 미약한 존재들이 없었다면

그대는 아무것도 아닌
쓸모없는 붉은 불덩어리에 불과하다는 사실

.

.

풀잎처럼 여린 생명일지라도
그대로 인해 무시당하고 아파해야 할 존재는
세상에 아무도 없다

친구여

친구여

너무도 오래간만에 바라본
그대 모습이 왜 그리 초췌해 보였던 건지요
항상 밝았던 웃음은 어디로 사라져버린 건가요
늘 건강하던 발걸음은 왜 또 그리 축 늘어져
있었던 거구요

말하지 못하는 그대의 힘겨움과 아픔이
절절하게 느껴지던 건 왜였던 걸까요
대체 말 못하는 비밀의 사연들이 무엇이건대
입을 다문 채로 가슴으로 삼키는 눈물을
흘리고 있었던 건지요

차라리
큰 소리 내어 실컷 울기라도 했더라면
등 토닥이며 함께 울어 주기라도 했을 텐데 말입니다

내 얘기들이 도움이 될지는 모르겠습니다만
한 때 나 또한 헤어나지 못할 것처럼

고통스러웠던 시련의 시절이 있었습니다
세상에서 일어나고 있는 모든 힘겨운 일들이
나에게만 겹겹이 다가온 듯 느껴지는 나날들이
있었답니다

그때는 내 귀에, 내 눈에
들리고 보이던 모든 일들이 지옥의 불길과 같은
두려움과 불행의 이야기들 뿐 이었습니다
내가 가야 할 길이 죽음의 길 하나밖에 없다
그리 생각하기도 했으니까요
그런데 그 순간 눈에 밟히는 이들이 있더군요
바로 내 가족이었죠. 내가 없으면 안 되는 사람들
나를 사랑하는 사람들 말입니다

많은 시간이 지나고 난 지금은
그때의 힘겨움을 생각하며 웃을 수 있는 시간을
만나고 있습니다. 그리고 뭔지 모를 커다란 힘이
내게 생겨났음도 느낍니다
가끔 손님처럼 방문하는 시련과 벗 삼을 만큼
강한 면역력이 생겨났다고 하면 맞을까요

친구여

그대 인생의 끝이 절대
불행으로 끝나지 않으리라 믿고 또 믿습니다
부지런하고 정성스럽고 진실한 그대의 시간을
차근차근 마주하다 보면 충분히 벗어날 수 있는
고통일 거라 생각이 된답니다

아무런 도움도 주지 못하는 친구라서 미안하고
안타깝습니다만

'충분히 해낼 수 있고, 벗어날 수 있습니다'
이 말 한마디만 잊지 말고 살아가길 바랍니다

두렵고 어두운 긴 밤이 지나고 나면
온화한 아침이 반드시 찾아와 그대를 포근하게
따듯하게 안아줄 테니까요

너의 뒤에서

너의 뒤에서
네 조그만 등을 바라보며 걷고 있는 나는

네가 걷는 발걸음만큼씩
조심스럽게 발걸음을 옮겨 걸어

네가 발걸음을 멈추고
들판 위에 피어난 들꽃 향기를 맡으며
행복해할 때에는

나도 잠시 발걸음을 멈추고 미소 짓기도 해

화사하게 웃고 있는
네 얼굴 바라보면 나도 많이 행복해지거든

덜렁거리며 거친 길을 뛰어가는 널 보면
가슴이 조마조마해지곤 해서 나도 함께 뛰어

네 뒤를 바짝 따라가
네가 넘어질 듯 위태로울 때에

재빠르게 널 잡아주기 위해서 말이야

행여나 넘어져
상처라도 나면 안 되는 귀한 너니까

이런 내가 넌 보이기나 하는 거니

.

.

내 마음은

너의 손을 잡고

너의 어깨를 감싸 안고

너의 곁에서 나란히 걸으며

너 하나 지켜주고 싶은 간절함뿐인데

나의 뒤에서

내 등 뒤에서
아직도 나를 따라오고 있는 널 느껴

아무리 네가 소리 없이 걸어도
바스락 바스락 발걸음 소리가 들려오거든

가끔씩 발걸음을 멈추고
들꽃이 쉬어내는 달큼한 향기를 들이쉬지만

사실 난 네가 보내는 마음의 향기를 맡으며
한 걸음 쉬어가는 중인 걸 알고 있니

살며시 지어 보이는
편안한 네 미소를 느끼면서 말이야

못난이 돌멩이들이 가득한 거친 길을
급하게 뛰어가더라도 넘어질까 두렵지 않은 건

언제나 내 뒤에서
나를 지켜봐 주는 네가 있기 때문이야

변함없이 같은 거리에서
날 지켜주는 네가 항상 든든하고 고마워

그래서 네가 무척이나 보고 싶은데
이런 내 맘 넌 알기나 하는 거니

·

·

내 마음은

너의 따듯한 손을 잡고

너의 든든한 어깨에 기대어

너의 곁에서 나란히 발걸음을 옮기며

함께 걷고 싶은 간절한 마음으로 가득한데

.

.

바보

내 곁으로 한달음에 달려와 주면 안 되는 거야?

아름다운 함께

즐거운 일은 하나도 없는 듯 하고
힘겨운 일들만 가득하다고 느껴질 때
도저히 회생의 가망성이 없다고 느껴지는 날이
연속적으로 이어질 때

위로해줄 사람마저 하나도 없다고 생각하면
상황을 버티어 내기가 어려울지도 모릅니다

다행히도 늘 곁을 지켜주는 이가 있다면
힘겹든 즐겁든 마음을 나눌 수 있는 사람이 있다면

그래도 그대는 삶을 이어나갈
힘의 원천을 가진 사람임을 알아야 할 것입니다

'함께'라는 말은 아름다운 말입니다

맑고 파란 하늘이 더욱 아름다울 수 있는 건
어우러진 자연의 모습이 함께이기에 그렇고

그대의 삶이 지금보다 더욱 행복한 삶으로

바뀌어 갈 수 있다는 희망이 분명하게 있는 건
그대 곁에 함께인 사람이 있기에 그렇습니다

맑은 가을 햇살 아래 반짝이는 나뭇잎들이
황홀하게 빛나는 가을날입니다

그대와 함께인 사람에게 맑은 눈 마주치며
햇살 같은 웃음을 선물하는 하루가 되시기를 바랍니다

'함께'라는 아름다운 말… 실천하는 하루하루 되시기를

.

.

잠 못 드는 하나의 이유를 쌓는 시간

낡아가는 계절에게 무더운 기억들을 맡긴다

더디게 흐르던 시간 끝에 찾아온

성숙한 계절이 타는 복고의 리듬

다시 돌아오지 않을 것처럼 사라졌던 계절이

어둠을 밝히는 빛과 함께 돌아왔다

맑은 유리창을 더듬거리며 가을바람을 만진다

투명한 유리창 밖을 바라보니 청초한 별 하나가

눈 마주치며 밤새 이야기하자 한다

.

.

잠 못 드는 또 하나의 이유를 쌓는 시간

밤이 새도록 스쳐가는 가을 향기

나를 ? 라고 부르더군요

나는 누군가의 눈물이 되기도 하고

나는 누군가의 간절한 기다림이 되기도 하고

나는 누군가의 생명의 물이 되기도 하고

나는 누군가의 마음을 정갈하게

다듬어 주도록 도와주는 존재가 되기도 합니다

때로는 난 심술궂은 못난 존재가 되어

누군가를 폭풍 같은 아픔 속으로 몰아넣기도 합니다

누군가가 생각하는 대로

이리저리 모양도 느낌도 달라지는 나를

'비' 라고 부르더군요

선선한 바람과 함께 누군가에게 다가서고 있는

오늘 같은 날의 내 이름은 '가을비' 라고 불립니다

나를 반기는 누군가의 가슴에

오늘은 또 어떤 느낌으로 다가서려나요

…?

낙서 2 (달빛 닮은 향기)

구름 뒤에 가려진
달의 존재를 알 수 있는 건
구름의 가장자리를 따라 밝혀주는
달무리의 빛 때문이며

보이지 않는
귀한 사람의 가치를 알 수 있는 건
그 사람이 지나간 후에 남겨진
달빛 닮은 향기 때문이다

벌써

나무늘보와 같은 움직임
살이 쪄서 둔해진 마음이 잔꾀를 부리기
시작한다

아침에 눈 뜨는 일이 귀찮아졌고
산더미처럼 쌓인 일들은 미루어 두고 싶은
늘보의 게으른 생각을 간절히 훔친다

먹는 일마저도 의미가 없다는 생각에
숟가락을 내려놓는 일이 잦아졌다

낮아진 기온의 바람이 불어오면
신호처럼 다가오던 질병, 감성독감 탓이다

감성의 열병을 심하게 앓는다는
글쟁이라는 이름이 별로 탐탁치 않다

갑작스레 선선해진 밤바람과
보이지도 않는 고깟 작은 풀벌레들이 데려온
불면의 공간을 핏기 가득한 눈으로 지새운다

가을이 몰고 온
지랄 같은 감성이 시작되고 있다
반겨야 하나 말아야 하나

제기랄 그럼에도

밝은 달무리 아래
벌레 합창단의 노래는 듣기에 즐겁다

찌르르

가을이 다가오나 벌써…

그림자밟기

내 곁에서
절대 떠나가지 않는 너란 걸 알면서도

널 붙잡기 위한 발걸음을 떼는 난
바보의 친척쯤이 되나보다

달빛 따라 걷는 너에게 한 발짝 다가가려
옮겨보는 내 발걸음만큼씩

한 치 오차도 없이 넌, 내 곁에서 물러선다
언제나 그 만큼씩

그래도
늘 같은 자리에 넌 서있다

밝은 빛이 사라지면 함께 사라지곤 하던 넌
말없이 내 곁을 지켜주던 착하고 조용한 친구였다

이제 난 안다
네가 내게서 달아나지 않고 머무는 이유를

아무도 들어주지 않는
내 이야기를 찬찬히 들어주어 나를 다독이고

고운 내 모습을 스스로 바라보도록 하기 위해
그 자리에 네가 있다는 걸

영혼의 세상까지도
함께 할 친구는 너 하나밖에 없다는 것도 안다

.
.

이른 달빛 아래 나를 찾아 온 네 모습이
오늘따라 지극히 아름답다

굶주린 포식자의 눈빛

굶주린 포식자가 발견한
썩은 고깃덩어리는 최고의 만찬일지도 모른다

번번이 괴상한 소리를 질러대는
굶주린 위장의 항변에 순응할 수밖에 없다는 이유로

토를 유발하는 악취와
독약보다도 못한 최악의 더러운 맛을 가진 음식을
포식자의 위장은 숨 가쁘게 소화시킨다

썩어 짓물러진 고기에도
흡수할 단백질이 남아 있던가

썩은 고기를 흡입하며 생명을 유지할 만큼
대단한 이유를 품은 삶이던가

굶주린 포식자가 되어야만 했던 이유를 가진 그는
왜 그토록 더럽고 독한 삶을 선택해야만 했는지

점점 사악해져가는 포식자의 눈빛

그가 밟아온 궁금한 시간들을 캐묻고 싶다

낙서 3 (명상)

눈을 감고 바라보면

하늘의 미소와 눈물이 보이고

마음을 열고 들어보면

바람의 속삭임이 들려온다

감은 눈과 열린 마음으로 바라보고 들으니

뭉클한 가슴의 이야기가 보이고 들려오고

…

변명

유혹의 눈빛은
강렬한 흡입력을 가지고 있다

쉽게 끌려들 만큼 아름답고 화려하고
황홀한 빛을 뿜어내고 있다만

내 심장으로 다가오지 마라
아직 무뎌지지 않은 절박하고 아픈 심장이
문을 열지 못하고 있다

준비되지 않은
먹색 심장이 아직도 저리게 뛰고 있다
사랑을 담아낼 건강한 심장이 뛰고 있지 않다

진심을 담은 유혹이라 할지라도
받아들일 수 없는 까닭이 수 만 가지 존재한다

화려하고 아름다운 눈빛으로 다가오지 마라
사랑을 믿을 자신이 없다.

나는…

여름을 지나며

무방비 상태의 피부를 침투하는
자외선을 피하기에는 너무나 강렬한 햇볕이 쏟아진다

따끔거리며 익어가는 표면
미미한 통증 따위를 느끼며 실감하는 위대한 여름

인공의 힘으로 불어오는
찬바람이 이는 공간에 잠시 쉬어도 좋으련만
가만히 몸을 두지 못하는 조급증의 이유를 물으니

막혀있는 답답한 마음과 벌이는
신경전을 외면하기 위해 시간과 타협중이란다

이글거리는 하늘의 온도
가볍게 떠있는 깃털 같은 구름
수분 없는 고온의 바람
일그러져가는 얼굴들과의 대면

느긋하게 머물지 못하는 마음을 대신해
구리 빛으로 타들어가는 정신없는 여름을 선택한

생의 중간쯤에 선 나이

또 한 차례의 여름이 바쁘게 지나가고 있다

정희를 위한 시 (사랑했던 사람이여)

한번쯤 우연히 지나는 길
그대를 마주하리라는 불가능의 상상을
해봅니다

조금씩 흐르는
세월을 마주하고 있는 길가에는
조그마한 아기 포도 알이 알알이 열려
있습니다

포도 알을 탐스럽게 익혀가는 태양의
따가움을 전하는 일로 안부를 대신하던
그때가 문득문득 그리워지는 여름입니다

이제는 돌이켜 찾아보려 해도
그대 모습을 찾아볼 수 없다는 걸 알면서도

그대를 그리는 가슴은
이내 눈물방울이 되어 흘러내립니다

이렇게 마른 가슴이 아파지려고

지난여름 사랑으로 물들였었나 봅니다

비가 그리워지는 계절에
떨어지는 눈물이 단비가 되려고
이렇게나 슬픔이 마르지 않나 봅니다

그대와 마주하던 시간들을
똑같이 닮아 펼쳐지고 있는 계절이
야속하기만 합니다

언제쯤이면
함께 하던 시간속의 기억들을
지워낼 수 있겠는지요

언제쯤이면 나 다시
아무것도 모르고 사랑을 갈망하던
그 계절을 다시 만날 수 있으려는지요

사랑했던 사람이여
정말 아무 기억도 없이 그대는

평화로이 그 곳을 거닐고 계신지요

정말 남겨진 내 슬픔은
보이지도 들리지도 않던가요

가끔
해맑게 웃던 그대 미소가 그립고
포근하게 보듬어 주던 그대가 보고 싶고...

낙서 4 (내가 믿는 삶)

온통
시린 이야기만 간직하고 있는 가슴이라고
힘겹게 가슴을 누르고 있는 사람아

다가온 봄의 온기가
가득하게 그대 가슴을 채워 주리라 믿는다

겨울바람은
가겠노라 고하지 않아도 조용히 사라져가고

봄바람은
오겠노라 약속하지 않아도 살며시 다가온다

.

.

계절의 미소를 상상하며

아름다운 순백의 환상과
차가운 고통이 공존하던 겨울 이야기는
살갗을 스치는 포근한 감각이 불어오는
여린 연두의 계절과 함께 마무리 되어간다

사라져가는 치명적인 매력의 찬 계절
마주하고픈 포근한 매력의 따듯한 계절
양면의 모습으로 번갈아 다가오던 이야기들은
잊어버리기에는 아쉬운 흔적들이기에
추억의 이야기들로 남겨 놓는다

웃고 있는 계절의 미소를 상상하며
아직 알 수 없는 내일의 이야기를 만들어가는
아름다운 시간들로 채워져 가길 바라는 마음
안타깝고 숨 차는 무거운 이야기들은 사라지고
향기로 숨 쉬는 계절 이야기가 전개되어 주기를
간절히 바라는 마음으로 준비하는

싱그러운 계절나들이의 시작

낙서 5 (바람의 맛을 느끼는 봄)

꿀꺽 삼킨 바람의 맛

달큰한 향기를 반기는 입가에 번지는 미소

삼키기를 마음껏 반복해도 불러오지 않는

바람의 맛을 느끼는 봄

헤픈 사랑 VS 미련한 사랑

남다른 외모를 가진 사람에게 끌리고
뛰어난 재능을 가진 사람에게 끌리고
넉넉한 재력을 가진 사람에게 끌리고
현명한 지식을 가진 사람에게 끌리고
능한 말솜씨를 가진 사람에게 끌리고
순수한 마음을 가진 사람에게 끌리고
인내와 용기를 가진 사람에게 끌리고

.

.

각기 다른 환경에서 태어나 자란 사람은
각자 다른 성격과 매력을 소유하고 있다
모든 매력을 완벽하게 갖춘 사람은 없다

남자든 여자든 사회적 활동이 많아지고
끌리는 매력을 가진 사람을 만날 기회도
많아졌다

멋진 매력을 가진 사람에게 마음이 흘러가

사랑을 느끼고, 죽을 것처럼 빠져있다가도
시간이 지나 시들해질 때쯤이면 변해가는
사랑

색다른 매력을 가진 다른 사람에게
쉽게 사랑을 느끼는 현대적인 사랑의 감성
'헤픈 사랑'

흔하게 다가서는 사랑의 시대를 살아가고
흔하게 이별하는 사랑의 시대를 살아가고
있지만

쉽게 정리되지 못하는 사랑이 내겐 있다
한참을 거스른 기억 속에서 움직이지 않는
미련스럽게 바라만 보는 멍텅구리 사랑

다른 사랑의 그늘 아래 머물러 있을 사람
단정하게 잊어야 할 원망스런 사람인데도
가슴에서 시원하게 도려내지 못하고 있는…

아이야

사랑의 바람을 타고 온 향기로 품어낸 내 아이야
진실이 담긴 아낌없는 사랑은 어디서건 네가 먼저 주어야 하는 거란다
그래야만 네가 받을 사랑도 진심으로 다가와 줄 거라 믿거든
사랑이란 진실한 마음을 주고받을 때에 자라나는 마음이란다

행복의 미소로 해맑게 웃어주던 내 작은 아이야
네가 웃는 맑은 미소가 사람들의 마음을 행복하게 만들어 줄 수 있단다
네 해맑은 웃음을 바라보는 많은 사람들이 너에게도 행복한 웃음을 지어보일 거란다
행복은 주고받는 맑은 미소 속에서 찾아온다는 것쯤은 알아야 할 거야

봄바람에 이슬 머금고 틔워내는 새싹 같은 내 아이야
새싹은 지난겨울 추위와 시린 바람을 이겨내고 피워내는 희망 같은 거란다
네 인생에 불어올지도 모르는 춥고 싸늘한 바람마저도
희망의 봄이 오면 새싹을 틔워내는 포근한 바람으로 바뀌어 불어오게 되는 건
자연이 주는 진리 같은 가르침이란다

이글거리는 태양아래 불어오는 시원한 바람 같은 내 아이야
세상 모든 일은 열정과 함께하는 땀방울이 만들어 낸단다
땀에 젖은 몸이 무더위 속에서도 시원함을 느낄 수 있게 되는 건
네가 흘려낸 땀방울에 대한 가치로 불어오는 통쾌한 바람이기 때문이란다

청량한 하늘의 맑음을 눈으로 담아내는 내 착한 아이야
네 눈에 담아내는 하늘이 우울함을 품은 검은 구름의 하늘일 때도 있고
눈과 비가 거칠게 내려오는 폭풍의 하늘일 때도 있을 테지만
맑고 청량한 하늘의 색감일 때가 더 많다는 것만 기억하길 바란단다
네 눈에 담기는 맑은 하늘의 모습을 기억하는 가슴을 가져야 한다

고목의 숭고한 깊이를 품어 가게 될 내 소중한 아이야
싹이 트는 봄과 이글거리는 열정의 여름, 청아한 하늘이 품는 수확의 계절 가을
멈춤을 만드는 차디찬 겨울
인생이란 수레바퀴처럼 쉬지 않고 돌고 돌아가는 계절과 같단다
그렇게 돌고 도는 계절이 네 가슴을 지나쳐갈 때마다 넌
생의 깊이를 알아가는 커다란 나무처럼 깊은 사람으로 자라나게 될

거란다

사랑하는 내 아이야

웃음의 미학 5

웃음은 독감 바이러스 면역제이며
웃음은 다이어트 무료 체형기이며
웃음은 행복을 여는 인생의 문이며
웃음은 상처를 걷어내는 연고이며
웃음은 마음을 건강하게 만들기도
웃음은 성공하는 삶의 필요요소가
되기도 한답니다

많이 웃어 즐거움을 만들어 가고
많이 웃어 행복함을 만드는 인생

웃음의 미학 6

돈 들이지 않아도 아낌없이 줄 수 있는
포장된 선물이 아니어도 받으면 행복한
공평하게도 모든 사람이 가지고 있는

웃음

웃음은 힘들이지 않고 하는
가장 아름다운 대화의 방법이고
웃음은 성공적인 삶을 만드는 요인 중
가장 기본이 되는 필수 요인이다

안부

하루가 밝았습니다
낯선 만남 또는 익숙한 만남과 또 다시 대면하게 될 테죠
가장 이상적인 만남의 방법은
미소와 따듯한 마음과 배려의 모습이랍니다
눈을 떠 첫 대면을 하게 되는 사람은 분명 가족일거예요
처음만난 사람과의 훈훈함이
하루 종일 만나야할 많은 사람과의 피곤함속에도
건강한 활력이 되리라 생각한답니다
마음으로 미소 지어주고
아침 첫 대면한 그 사람 하루를 사랑으로 응원해 주세요
그대에게 다시 돌아오는 사랑이 될 거랍니다
미소를 만들고자 합니다. 나 역시요
내가 만날 좋은 사람들의 기쁜 하루를 응원하는
사랑이 넘치는 미소를 지어보고자 합니다

"자네도 나처럼 살아봐, 세상 살고 싶은지"

이 사람아
자네가 내게 그리 물으면 할 말이 없질 않나
세상에서 가장 불쌍한 사람이 자네라 생각하는가
정말 그리 생각하는가 이런 밥통 같은 사람

온화함이 느껴지는
포근한 방 천정을 바라보며 잠이 드는 일 따위는 누리지 못하지만
나뭇잎 사이사이 불어오는 바람을 자장가 삼고
새카만 하늘에 드문드문 빛나는 별 바라기를 하며
불면의 고통 없이 깊게 잠이 드는 노숙자들을 본적 있는가

엄마라고 아빠라고
정감으로 부를 수 있는 사람은 없어도
정이 넘치는 친구와 소꿉놀이하며 외로움을 달래는
부모 없는 아이로 자라본 적은 있는가 말이네

고운 목소리로 노래하지 못하지만
조그만 두 손으로 딱딱하고 거친 나뭇가지를 그어가며
흙먼지 날리는 운동장에 커다란 얼룩말을 멋지게 그려내는 솜씨를
가진

말 못하는 장애를 가진 서러운 눈물 인생을 살아 보았던가 말이네

치료할 수 없는 어려운 병마와 싸우면서도
매일처럼 등산로를 따라 온갖 풀이며 돌멩이, 나무와 웃으며 대화하는
생명이 아슬아슬한 사람 황천길 가는 날 받아놓은 사람도 있더란 말이네

내 눈엔 자네가 하나도 불쌍치 않으이
그저 달달한 사탕 내어 놓으라 투정부리는 어린 아이만 같네 그려
어찌 생각해보면 자네가 제일 불쌍한 사람인지도 모르지

한마디로 겉모습은 멀쩡한 자네가
왜 스스로를 불쌍한 사람이라 자책하는지는 모르겠네만
누군가는 안타까운 한쪽 모습의 자신을 가지고 있지만 서도
다른 한쪽, 믿음직한 자신의 모습을 만들고 채워가며 사는 사람도
많다는 것쯤은
자네도 알고 있지 않은가

이보게

믿을 세상 못 된다 하지 말고
자네부터 스스로 믿으시고 사랑 하시게나
가만 보니 자네처럼 난 살려고 해도 못 살겠네
뭐 그리 못난 삶을 살고 있다고 탄식하는 겐가
그러니 자네가 자네 말대로 제일 불쌍한 삶을 살고 있는 것이 맞는가 보이
쯧쯧 이런 한심한 사람

자네처럼 살아보라 한탄 말고
한 가닥 희망이라도 버리지 않는 저들처럼
자네도 한번 살아 보시게나

잔소리의 진심

세상이 달콤한 말로 너에게 속삭일 때
내가 너에게 쓰디쓴 말을 했다 해서
설마 네게 아픔을 주려했던 마음이었을까
달콤함 뒤에 칼날 같은 후폭풍을 숨겨놓은 세상이 안겨줄
커다란 고통과 상처를 앞질러 방패가 되려던 마음으로 한
쓴 가루약 같은 말들이었으니

독이 되던 약이 되던
받아들이는 마음에 있다는 것만 알아두길 바란다
너를 위해 항상 돌아가는 세상이 아니란다
너만을 반겨주는 세상 또한 아니란다
네가 세상을 향해 걸어가 반겨야 하기도 하고
어쩔 수 없이
싫더라도 어울려야 하는 복잡하고 혼란스러운 곳이
세상이란다

혼잡하고 어지러운 세상
가끔 삶의 의미를 거두어 가기도 하는 세상
진정 아프고 쓴 말로 매질을 하며
미리 감싸고 안아주는 사람이 곁에 있다는 건

어쩌면 기쁜 일인지도 몰라

상처 받지 마라 눈물 흘리지 마라
사랑해서 네게 주고 싶었던 애타는 마음이었다
다만
준비 없이 세상으로 서툴게 뛰어든 너를 질책하는
많은 사람들로 부터 받을 상처가 덧나지 않도록
준비된 너로 만들어 보내고 싶었던 걱정스런 마음이었다

힘없이 고개 숙이지 마라
내 쓴 잔소리에 자신감을 내려놓지 마라

...

더 잘할 수 있는 아름다운 너를
흡족한 마음으로 바라보기 위함이었을 뿐이니

반전의 인생

네 인생

지루하기 이를 데 없는 인생이라고
깊은 한숨을 내어 쉴 필요는 없단다

재미있고, 화끈하고, 통쾌한 반전
앞으로 일어날 확률은 얼마든지 있거든

비록 지금 그려가고 있는 네 그림이
제대로 그려지고 있지 않은 듯 보일지라도

언젠가는 완성 될 날이 있지 않겠니
끝까지 네 손에 든 붓 자락을 놓지 않는다면 말이야

멋지게 그려질 날, 반드시 있단다

반전의 인생 난 믿거든
믿는 사람에게만 주어지는 반전이라잖아

인생반전

사실은 반전이 아닌 노력의 결과일 뿐이지
완성된 후 멀리서 바라보면
멋진 반전의 그림이 보이지 않겠니

새로운 아침을 맞으며

삶은
언제나 노력하는 사람에게
승리의 몫을 선물한다는 진리와 같은 말을 믿습니다

때론
너무 먼 듯 느껴지는 목표치로 인해
힘겨운 숨과 지쳐가는 몸 상태가 찾아오기도 합니다

가끔
무엇을 하고 있는 건지라는 의문이 들 때도 있을 것이고
잠들면 그만인데 하는 생각에 포기하고 싶을 때도 있겠지만

분명
목표가 있는 사람은 시간의 가치를 포기하지 않습니다
의지가 강한 사람은 끈질긴 생명력을 뽐내기 마련입니다

다시
주어진 생명의 아침이 밝았습니다
승리의 몫이 그대의 것이 되도록 후회 없는 시간이 되시기를
바랍니다

나는 늘 물음표를 향해 걸어간다

청정하고 맑은 마음을 변함없이 가지고 살아가는 일이란
어려움이 아니라 불가능한 일인지도 모른다

거짓 없이 살고 있다고 반복적으로 말하는 사람일수록 거짓이 깊고
무언가 우격다짐으로 밀어붙이는 사람일수록
불필요한 자존심을 가졌을 확률이 매우 높다

거짓말 가끔 한다
가끔 불편한 상황에서 내 자신이 행한 행동이 최선이었다고
나 역시나 우겨 보기도 한다

진실함만을 가지고 살아가는 세상이라면
어떠한 일로든 상처받지 않는 멋들어진 서로의 세상이 되겠지만
사실은 결단코 쉽지 않은 일이다

그렇다면 세상이 추하고 냉정하기만 한가
그렇지만도 않다
진실하지 못했던 부분에 대한 자신을 용기 있게 인정하고
반성하는 자세에는 용서와 화해라는 아름다운 미덕도 주어진다

나이를 먹어갈수록
세상에 길들여져 가며 서로에게 받는 아픔과 상처도 늘어가고 있고
다른 한 편으로는 누릴 수 있는 즐거움 역시나 늘어가고 있지만

아직도 나는
정답 없는 물음표 가득한 세상을 걸어가고 있다

단지
물음표의 해답으로 남겨야하는
강렬하고 명쾌한 느낌표로 마무리할 수 있는 삶을 머릿속에 그려가며
물음표를 향해 걷고 또 걷고 있는 듯하다

인연

'인연'

쉽게 만나는 일도 어렵지만
좋은 인연으로 마주하는 일 역시 어렵습니다

스쳐 지나갈 것 같았던 가벼운 만남이
깊이 있는 묵직한 인연이 되기도 하고

오래 지속될 것 같았던 묵직한 만남이
어느 날 가볍게 날아 가버리기도 합니다

'인연'

내 맘대로 놓을 수도 가질 수도 없지만
좋은 인연으로 만들어 갈 수는 있습니다

내 손 끝에 난 상처가 쓰라리듯
서로 마주보고 있는 사람의 손끝에 난 상처
역시 쓰라릴 거라는

상처 난 서로의 가슴을
다독여줄 수 있다면 말입니다

조금 더 행복해지는 방법

상대에게 내가 행했던 일들은
상대방을 행복하게 했던 일이건
상대방을 불편하게 했던 일이건
언젠가는 되돌려 받습니다
내가 고통스럽게 했던 사람을 대신해
다른 사람이 나를 고통스럽게 하기도 하고
내가 다독였던 사람을 대신해
다른 사람이 나를 다독여 주기도 합니다
내가 부렸던 욕심만큼
다른 삶에서 빼앗기기도 하고
내가 남에게 주었던 모든 것들은
다른 누군가에게서 또는 다른 장소에서
언젠가는 다시 되돌려 받습니다

준만큼 되돌려 받는 삶이라면
가급적이면 좋은 일들을
행복하게 웃을 수 있는 일들을
주고나면 마음이 밝아지는 일들을
아름답게 빛날 수 있는 일들을 주는
내가 된다면 좋겠습니다

되돌려 받는 모든 일들이
마음을 기쁘게 할 테니 말입니다

되돌려 받지 못한다 해도 나누어 준 마음만큼은
넉넉한 행복이지 않을까 싶습니다

조금 더 행복해지는 방법 2

이십대의 나이에
삼십대 같아 보인다는 말은 서럽게 들려오지만
사십대의 나이에
삼십대 같아 보인다는 말은 행복하게 들려옵니다

더해 가기는 해도 절대로 빼낼 수 없는 나이
나이와 함께 달라지는 외면은 서글퍼지고
나이와 함께 깊숙해지는 내면은 외로워지기도 하지만
행복하게 살아가는 방법은 얼마든지 많습니다

현재의 나이에
즐겁게 할 수 있는 것들이 무엇인가 찾아보고
하고 싶은 일들에는 용기 내어 도전하다 보면
조금씩 변해가는 내 모습에
웃고 있는 행복한 얼굴이 담겨진답니다

즐겁게 하는 일들은 나이를 잊게 만들더랍니다
시작하고 도전했던 일들이 시간을 더할 때마다
더 능숙해지리라는 생각을 할 때에는
오히려 시간이 빨리 가주길 바라게 되기도 합니다

지금의 나이보다 젊어 보인다는
행복한 말을 들을 수 있는 비결은
즐겁게 해낼 수 있는 나만의 무언가를 갖는
일이지 않을까 합니다

나이보다 젊어 보이는 외모는
나이보다 젊게 살아가는 삶의 태도가 만들어 갑니다

무언가 할 일을 찾아 나서고 도전하는 사람은 외로움으로 부터 자신을 구원하기도 한다

마음이 외로울 때마다
무언가를 할 일을 찾아 나서는 사람은
시간이 허락될 때마다 깊어가는 외로움을
견디어내기 어려울 때가 많은
가슴이 아픈 사람인 경우가 많다
기다림으로 주어진 시간이 힘겹고 버거워져도
시간을 버티어 나가기 위해 늘 무언가를
찾아 나서기도 한다
간절한 기다림의 시간 대신
좀 더 아름다운 '나'를 만들어 가기 위한
외로움을 포장하는 시간으로 가득한 사람
외로움과의 싸움에서 이겨낸 사람은
시간과의 승부에서도 반드시 이겨낼 수 있다

무언가 할 일을 찾아 나서고 도전하는 사람은
외로움으로 부터 자신을 구원하기도 한다

나를 허락한 시간

내가 버리려 했던 시간이 나를 허락하였다
좀 더 살라 한다. 많이 아팠거든 살라 한다

몸이 아팠거든 깨끗한 바람을 숨 쉬라 한다
맘이 아팠거든 꽃 같은 사랑을 담으라 한다

수줍게 흔들리는 봄꽃을 돌아 불어온 바람
길게 들이쉬니 온 몸에 정갈함이 스며들고

가지마다 움트는 작은 아기 잎이 짓는 미소
깊게 바라보니 사이사이 봄꽃이 숨어 있다

내가 버리려 했던 시간이
푸근한 세상 만나 더 살라 나를 허락하였다

흔적

담배 한 모금
깊게 들이고 내쉬는 허탈감
옅은 구름 같은 연기가 흐린 하늘까지
끝없이 흩어져 간다

준비 없는 이별에
지워야 하는 그녀와 나의 추억은
빼곡히 아프기만 하다

총총걸음으로
반갑게 달려오던 만남의 발걸음은
이제는 잊어야 한다

커다란 웃음으로
흘려보내던 화려한 시간과의 대화도
아쉽지만 잊어야 한다

함께한 이야기를
끄적거리던 일기 속 아름다운 이야기들
이제는 모두 지워야 한다

배고픔에 먹던
편의점 맛없는 삼각 김밥의 찡그린 맛도
이제는 잊어 버려야 한다

소중한 기념의
의미를 담아내던 소박한 선물들도
잊으려면 버려야겠지

두 눈에 맺힌 그녀의 모습도
내 마음에 담은 그녀의 향기도
모두 잊어야 하는데

도대체

선명한 넌 대체 뭐니
모조리 타들어간 담배꽁초
흩어져 간 옅은 구름은 온데간데없다

그런데도 너를
지우지 못하는 흔적

낙서 6 (엉터리 위로)

사월의
잔인한 그리움도 시들해져 갈 터

뜨거운 불볕에
투정부리며 이내 시들해져 갈 터

이별이
병이 되어 다가온다 했었나

약이 되어
찾아오는 건 시간이라더라

토닥

보낼 수 없는 편지

마음을 펼쳐 서 너 장 편지지를 만들고

하고픈 말들을 생각 펜으로 채워 넣고 있지만

전해지지 못하는 가슴만 타들어 간다

흘러가는 구름 편에 전해 달라 부탁해보고

잠시 곁을 스치는 바람 편에 부탁해보고

물들어가는 계절의 빛깔 편에 부디 전해 달라

부탁해보았지만

제 갈 길 바쁘다 급히 사라져 버리기만 한다

야속한 것들

.

.

ㄸ. ㄹ. ㄹ. ㄹ

"뭐하니? 갑자기 네가 생각나서"

…?

너와 할 수 없는 마지막 한 가지

너랑 할 수 없는 게 너무 많다
카페 음악에 취해 한가한 오후를 즐기는 일
비 오는 날 우산 속에서 서로의 어깨를 감싸 안는 일
커플 티 입고 다정하게 시장 거리를 걷는 일
핸드폰 전원 꺼질 때까지 수다 떨다 잠에 드는 일
니가 타주는 커피 향기를 마셔보는 일
낭만의 언덕으로 소풍가는 일
영화 보며 팝콘 나누어 먹는 일도 할 수 없고
생일날 하루 종일 함께 보내는 일
꿈에서나 가능한 일이고

너랑 할 수 없는 것들이 너무 많아서
니가 너무 밉기도 하고 짜증도 나고
그냥 확 돌아서 버릴까 하다가
너랑 할 수 없는 한 가지가 더 있다는 걸 알았다

너와 이별하는 일

살아감을 멈출 수 없는 건

부서지는 심장의 고통을 느낄 때마다
죽음의 문을 열고 싶은 궁금증이 생길 때마다
강하게 뛰는 심장이 다시 나를 살리곤 했었다
굴곡이 깊은 삶과 자주 대면해왔지만
그때마다 이겨내 온 심장은
아직도 세상을 바라보고, 듣고, 말할 일들이
남았음을 잊지 말아라 한다
살아 움직이는 작고 붉은 핏덩이가
내 안에서 여전히 산소를 호흡하고 있다
험난하고 고통스러운 삶의 여정이
서 말 구슬만큼 줄줄이 남아있을지라도
숨 쉬는 일에 미련을 버리지 못하는 건
(살아감을 멈출 수 없는 건)
풀어가야 할 남은 숙제가 있기 때문이다

위로받던 내가 위로할 수 있는
단단한 인간이 되어가고 있음에 감사해야 한다
부서지는 심장의 고통을 알지 못했더라면
위로가 필요한 가슴에
아무런 말도 건넬 수 없었을 테니

내 겪어본바, 끝나지 않은 고통은 없었다
세상 어떠한 고통도
언젠가는 분명하게 끝나기 마련이다
천국 문을 두려움 없이 두드리는 그 날
마지막 숨을 끝으로 쉬어낼 때까지
고통을 이겨낼 힘은 충분히
우리 모두에게 주어져 있음을 나는 믿는다

카페 'J'에 앉아

낡은 턴테이블 위로 흐르는
먼지 속에 쌓인 기억을 회상케 하는 선율
오래된 음악 속을 거닐며 떠올리는 이름 하나
흐르는 시간 위로 모든 것이 변해간다 해도
가슴이 만든 그늘 속에 잠들어 있는 모습은
하나같이 그대로인데

서운케도 변해버린
네 마음과 네 모습이 나를 시들게 한다
변치 않는 것은 없다 말하는 시간의 훈계
믿고 싶지 않은 진리의 말들이 귓바퀴를 돌아
흔들리는 세상의 속삭임으로 들려온다

그럼에도

가슴의 그늘 아래 깊이 잠들어 있는 모습
내겐 하나같이 그대로 멈춰있는 사랑이어라
보고 싶은 그리움이어라

그대가 참 고맙습니다

지나간 과거의 삶을
우스웠다, 잘못 살았다라고 생각하고 있는 그대가
지난날을 기억하며 후회를 하고 있을지라도
별 볼일 없는 삶이었다고 자책하고 있을지라도

지나간 삶의 모습을 기억하며
지금의 모습이 얼마만큼 발전되어 있는지
또 얼마만큼 도태되어 있는지 스스로를 평가하고
있을지도 모릅니다

지금 그대는
스스로 깨우친 삶의 오차를 통해
누군가에게는 실수하지 않는 삶이 되도록 알려주는
인생 상담사가 되어 있기도 하다는 사실을
알아야 합니다

그대는 별 볼일 없는 삶을 살아온 것이 아니라
배우고 일깨우며 살아 온 삶들을 소유해왔을 뿐이고
지금은 나누고 있는 삶을 살아가고 있음을 알아야 합니다

가끔
나 역시나 그대의 이야기에 귀 기울이며
고개를 끄덕끄덕 깊은 공감을 하기도 하고
감탄의 느낌을 소중히 담아내기도 합니다

세상 언저리에서
함께 머물며 살아가는 삶의 친구인 그대에게
살아가는 현명한 방법을 배워갑니다

수많은 사연을 담은
삶의 이야기들을 수시로 들려주는 그대가 나는 고맙습니다
순간순간 내게 일깨움을 알려주고 있는
어리석게 행동하지 않도록 충고와 격려를 아끼지 않는 그대가
나는 참 고맙습니다

낙망금지

밝음을 바라볼 수 없어
암흑의 벽을 더듬거려 본 경험이 없는 사람은
밝은 빛을 바라보는 일이 얼마나 커다란 축복인지 알 수 없고

들려오지 않는 고요함속에서
고독한 적막감을 느껴 본 경험이 없는 사람은
들려오는 시끄러운 소음마저도 얼마나 아름다운 소리인지 알 수 없습니다

걸을 수 없어
우물 속에 갇혀 하늘을 바라 본 경험이 없는 사람은
세상 속으로 뛰어나갈 수 있는 든든한 두 다리의 고마움을 알 수 없고

굶주린 배를 움켜 본 경험이 없는 사람은
굶주리지 않을 만큼 주어진 재물이 얼마나 넉넉한 가치인지 알 수 없습니다

또한

치열한 경쟁에서

한 번도 져본 경험이 없는 사람은
진정한 승리의 기쁨이 무엇인지 알 수 없습니다

그늘을 경험하지 못하면 양지를 알 수 없듯
참다운 행복은 고통을 경험하고 깨달은 후에야 다가오기도 합니다

상황이 좋지 않아도
사면초가, 길이 없는 난감한 장소에 서있는 듯 절망스러워도
절대 낙망금지 입니다

끝나지 않은 나의 드라마

드라마 속 여주인공처럼 사는 삶…
슬프고 아름다운 로망을 한번 쯤 꿈꾸는 순수한 여심에
설렘으로 다가오기도 한다

순수하고 아름다운 사랑의
우연하고 발칙한 운명적인 이야기를
붉어지는 미소와 함께 수줍은 상상을 해 본다

언제부턴가 사라진 말… '아가씨'
간혹 '아줌마' 또는 '누구엄마' 라고 불리는 말에
살짝 기분이 언짢아지는 경험을 하곤 했었다
그럴 때마다 사랑스러운 '여자' 의 모습은 사라진 것만 같은
허무함이 밀려들곤 했다

헛웃음이 나던 일들이었지만
이젠 받아들여야하는 현실일 뿐이라 여기며 돌아설 뿐이다
되돌릴 수 없는 시간 속 아름다운 나이가 그립기만 하다
세월과 함께 가버린 애잔한 감성이 그립기만 하다

드라마 배경음악처럼

아름다운 리듬이 내 일상의 삶속에 들려오지는 않아도
드라마 속 꽃 같은 주인공들의 발랄한 이야기가
깊은 가슴으로 공감되는 나이는 아니어도
내 삶을 차곡차곡 만들어 가고 있는 지금 이 시간들은
결코 밉지 않은 시간일 거라는 생각을 한다

해피엔딩 마무리로 정리되었던
최근 드라마 한편을 연이어 보다가… 문득
내 인생 해피엔딩의 줄거리를 살짝 기대해 보기도 한다
드라마 끝자락 비련의 주인공이 아닌
드라마 끝자락에서 가장 행복한 결말을 만나게 되는
엔딩을 그려본다

지금 써내려가고 있는 내 이야기는
비련과 행복의 한 가운데 쯤 서 있는 듯하지만
한번 밖에 써내려갈 수 없는 이야기
행복한 마지막 엔딩으로 가고 싶은 이야기
기대감 가득 남겨진 끝나지 않은 나의 드라마…

아름다운 결말을 위한 나의 시간을 만들어 가기에
아직 늦지 않은 듯하다

살아가는 모든 일에 감사한 마음이 평온하게 스며들 때
나는 '행복하다.' 라고 말한다.

김재희

행복이란
마음이 평화로워지는 길을 함께 걷는 것!

김시은